心若宁静
便是幸福

Peace

&

Happiness

周桂伊 著

北方联合出版传媒（集团）股份有限公司
万卷出版公司
2017年·沈阳

ⓒ 周桂伊 2016

图书在版编目（ＣＩＰ）数据

心若宁静 便是幸福 / 周桂伊著. — 2版. — 沈阳：万卷出版
公司，2016.11（2017.2重印）
ISBN 978-7-5470-4293-9

Ⅰ.①心… Ⅱ.①周… Ⅲ.①故事－作品集－中国－
当代 Ⅳ.①I247.81

中国版本图书馆CIP数据核字（2016）第237456号

出版发行：北方联合出版传媒（集团）股份有限公司
　　　　　万卷出版公司
　　　　　（地址：沈阳市和平区十一纬路29号 邮编：110003）
印 刷 者：沈阳绿洲印刷有限公司
经 销 者：全国新华书店
幅面尺寸：145mm×210mm
字　　数：200千字
印　张：9
出版时间：2016年11月第2版
印刷时间：2017年2月第2次印刷
责任编辑：张雪娇
封面设计：毛　增
版式设计：任展志
责任校对：彭力胜
ISBN 978-7-5470-4293-9
定　价：35.00元

联系电话：024-23284090
邮购热线：024-23284050
传　真：024-23284521
E－mail：vpc_tougao@163.com
腾讯微博：http://t.qq.com/wjcbgs
网　址：http://www.chinavpc.com

现实主义的心灵鸡汤

曹文轩

此时，北京雾霾，遮蔽了这座城市的所有光华。它让整个世界看起来就是个巨大的灰尘。我们坐在灰尘里，吃喝在灰尘里，恋爱在灰尘里，卑微如尘，乌蒙如土。能做的，只有打开电视看别人的天空，或是打开一本书，读描绘的风景。文字笔墨间多的是辽远苍穹，横亘远山，朱红城墙，青砖小巷。怎样张开眼睛，风景就是怎样的；如何看待世界，世界也便如何敞开。

当然，打开这本小书也是很合适的，一本现实主义的心灵鸡汤。

说是心灵鸡汤，自然是它在慰藉，算是慰藉雾霾里看不见阳光的伤怀吧。这份伤怀寄存在很多地方：工作、情感、前途、梦想、收与放、生与死。对于作者而言，这样的伤怀她见过许多，因为她是一个采访者。这个职业让她有很多机会去倾听与观赏，阅览许多双眼睛，听闻许多个故事，体味各种滋味的人生。对于一个采访者而言，她所面对的别人的世界，组成了一团团火，烧热一个斑斓的气球。她坐在这热气球里，仔细看世界的轮廓，哪里是坑洼，哪里是河流，哪里有荒野，哪里有丰收，哪里叹息无声，哪里纵情高歌。这些人生落在她的心头里，一处伤怀一处领悟。她自己头一个被叩响，随后将内心的感悟积淀、整理，去叩响更多的人，以一个对生活有些经历、有些思考的年青女性、年轻母亲的姿态，柔软地告诉读者如何欣赏生命的夜空、枯水的河床。长久的侧耳倾听，让这个青年作者的思考聚起了暖风。她的语言是平和的，说得流畅、轻巧、整齐，读来宁静。她掀起帘子看向窗外的手势一定也是平和的。窗外的阳光洒在手臂上，落下生活的影子。

作为一个也曾面对过话筒与录音笔的人，我对采访这一行为过程有着很微妙的情绪。一个采访者，她面对被采访对象时，那些各式各样的面孔也在面对着她，张开胸膛让她去观看。她观看那些面孔时，或许他们也在用交谈时的坐姿、神态、语言、装扮引导着采访者。这个行为过程，让人与人的交流变得特别真实。这也大可算是"现实主义"的一种短暂的表现形式吧。对这个聪慧的年青人而言，她的观看是温和的，又是冷静的。写在笔下时，也更多地融入了自己的人生经验。这一大碗心灵鸡汤凉得有些凉。它并不是滚热的，去高昂地告诉人们世界的美好与丰盛。它不教人热血沸腾，更不怂恿人两脚腾空，而是用冷静的目光，洞察世间凉薄。淡然回首半程人生的态度里多少有些悲剧意识。所以我给冠了个"现实主义"的帽子。

作者这一代人，曾经热热闹闹地被人们议论过，有质疑有赞扬。他们从出生时开始观察世界，白日扬起眼睑看人们，入夜垂下目光看自己。他们的观察比我们的更热烈、锐利和大胆，并随着阅历的积累逐渐成长到了新的阶段。他们满带荷尔蒙，有着专属于青年的执拗的天真，也是特别天真的执拗，诞生在记忆里朴实的幼年世界同现实里繁芜的青年世界的角力中。他们身上有青年卡夫卡，青年胡适，青年昆德拉，青年郁达夫，青年巴尔扎克，被时代镌刻，也接受着历史的传承。面对生活的各种巨大或微小的命题，他们嬉笑怒骂后平静理会，洒脱里包含着宽容。比如此刻，雾霾让人们变成了钻墙打洞恐惧外出的地鼠。这群青年地鼠们，边咧着嘴编段子戏谑污浊的城市，边为生活平静地一头扎进尘雾里。

　　这些青年们的生活态度，就写在这一连串温润的小文中。窗外并不总是有阳光，也有霜冻，也有风雨，如今还无奈地多了雾霾。即使雾霾让我们再像一团灰尘，再是一团晦暗，我们依然有色彩有光华可看。它们在记忆里，在勾勒里，在想象里，在每个人生不同的轨迹里，是那样的缤纷可爱。终能等到一阵凉风来，雾散去。

愿你在他人的故事中，成全自己

周桂伊

为杂志写作十几年，常常是与许多人深谈几小时后擦肩而过；而我，在关掉录音软件之后依然站在角落默默观察，交完稿子之后却重新陷入沉思。表象之外，往往有更深刻的原因；标签之外，每个人的困惑自有出处。一个编辑跟我开玩笑：我们双子座举重若轻，你们摩羯座举轻若重。

其实，这个时代，大部分人活得还是挺沉重的。一睁眼要还的房贷，千里之外父母逼婚的督促，堵车时狼狈接着上司问责的电话，甚至是情人节女友甜蜜暗示的礼物……那些本该美好的东西，却常常让我们焦虑、愤怒、不理性，他人莫名其妙，我们身在其中也不一定真得其解。那些童年留下的阴影，想隐藏的记忆，无力解决的问题，很多不确定，都在关灯之后，沉沉睡去。

我是谁？经过怎样的童年、欢乐和苦痛，才成为今天的我？什么对我们来说才是最重要的？类似问题，静下心来问过自己的不多。我们不停追逐更加充裕的物质，我们在不重要的人身上花力气，我们追求人生的制高点……这一切的一切都让我们疲惫不堪。采访倪妮的时候，她说过这样一句话："我从来不追求人生的制高点，因为所有的制高点都意味着下一步就是低落，跟跷跷板一样。所以我追求平衡，我认为平衡的那个阶段，就是人生最好的阶段。"

我喜欢那些面目平静的、善于倾听的、举重若轻的人。他们在人群中，并不特立独行、光芒万丈，却越走近，越有让你感到安心的能量。控制好自己的情绪，学会和自己的平静相处，是一生都要修炼的课程。环境也许是客观的，但我们看待它的方式却是主观的，说到底，世界只存在于内心那个自我构建、调整和修复的地方。

每个人的一生，都是一次独特的修行，若得一分自省，人会换一种思辨的眼光看待自己。"修行不是修美梦，是修梦醒。"在这里，我想说的是，生命中，总有些东西是我们得不到的。承认和接受它，带来超脱、平静和释然，带来自我救赎的能力。

小书荣幸地得到了曹文轩老师所作的序言，高中时代参加新概念作文大赛就知晓了作为评委的他，现在可以得到他的指点很开心；它还得到经典偶像张敏老师的首度推荐。在写书过程中，很多朋友给了我动力和支持，出现在封四的各位资深媒体人：苗炜、娜斯、卢昊、李天珏、彭伟、刘昆，他们是我工作中的战友，更是给我更多角度和机会看待这个世界的人。澳籍华人、亲爱的闺蜜王莎莎专心研修西方心灵成长课程，探讨中西不同文化的碰撞，给我很多启发。特别感谢李丽雅、乔永真，以及本书责任编辑张雪娇，没有你们，就没有这本书的诞生。最后，感恩家人给予的巨大支持。写作，是自我提醒、自我修正的过程；家，却藏着人生所有终极幸福的秘密。

笔及之处，斗胆欢谈，愿你在他人的故事里，看到自己的影子；愿你在别人的开悟中，找到成全自己的方式。拉开跟自己的距离，才更懂得接纳当下，愿我们共同前往，变得柔软，却坚定；温柔，却有力量。

因为，宁静就是幸福。

你越自律，就越自由

周桂伊

不知不觉，《心若宁静 便是幸福》出版一年了。这是我的第一本书，当初是在葫芦刚出生那个时间段，很有表达的欲望，每天照顾完孩子入睡，挑灯夜读写出来的。

2016 年，我开了一个公众号，半年内拥有了 20 万粉丝，这是一个什么概念？就是几乎一日一更新，保持思考，笔耕不辍。

我的生活轨迹是，上午，九点准时起床，严格朝九晚五写作；晚上，雷打不动陪伴葫芦。周末不工作，全家带葫芦去看个戏剧、试个好的餐馆，是百分百的 family time。

同时，除了写作之外，在商业的道路上，我也开始迈出了自己的尝试。商业即人性，用即大道，与金钱交互的过程，使我人生的格局变得更大。

我觉得 30 岁之后，人生真的变得更加美好了，因为一个成熟、有独立思考能力、有价值观的人，到了这个阶段，真的学会了为自己而活，对自己负责。

最重要的，我真的明白了，自律即自由。

写作是我坚持得最久的事儿，因为写作是我记录自己生活的方式。我写的东西，如果有什么相关性，那就是——

每个字里，都有我当下的生活；每篇文章，都是一部分，我自己的人生。

为什么要说这些，是因为，两年之后，我回过头看宁静和幸福，我对它有了不同的理解。

在一个生活压力倍增的时代，在这样一个女人需要一手抓事业，一手抓家庭，努力找平衡的时代，在这样一个很多定义和概念不断被更改、你不学习很快会落伍的时代——

宁静这件事，不是你想得到就可以得到的。

自我安慰和麻痹叫作逃避，不叫宁静。绚烂至极归于平淡，但首先你要绚烂，不然那不是平淡，是平庸。

幸福也不是绝对概念，幸福是参透百态。林语堂说，看透大悲伤的人，反而更容易得到小快乐。

因为你不会过度情绪化，不轻易陷入纠结。

也有人问过我，如果做到了这些，是不是生活就少了很多情调、小确幸和美好？

我想说，一切的天高任鸟飞，海阔任鱼跃，都是为了保证——你需要情调的时候，不再刻意；你要的小确幸，你有能力保护；所有美好，自然绽放。

有一次，一个百万级公号对我做了一个采访，采访最后，让我对所有的女性说一句话。

我说的是——

你在觉醒。首先醒来的人会比较寂寞，但别担心，很快更多的人都会醒来。

你不要害怕自己太强，会失去什么；因为你弱，其实会失去得更快。

我们共勉。

目 录 / c o n t e n t s

第一章 我们都有病

第二章 你要清清楚楚面对自己

第三章 等待与希望

第四章　控制不了世界，但可以控制自己

第五章　因为深爱，更要理性

第六章　修行不是修美梦，是修梦醒

第一章

我们都有病

嫉妒、愤怒、刻薄……这些小小的情绪隐藏在我们身体每个角落，它们是我们的一部分，这是人类的共性。学会与共性的阴暗面相处，当这些情绪出现在他人身上，我们不会感到难以接受，或者简单地判断、粗暴地贴标签，我们会淡然以对："这不奇怪，这是人性，这是他，也是我。"当这些情绪出现在我们的身上时，我们也有力量，得以觉察和排解。

愤怒的境界

完美地转换愤怒，需要强大的自省、自知和自制。

愤怒这个事儿，其实也是有境界的。

愤怒的第一重境界，是君子的愤怒。

许褚与马超大战两百回合无分输赢，愤而脱衣上阵，功夫却依然稳健谨慎，更添勇猛之势，马超都不禁感慨：真虎痴也！

再有谋略一点的，诸葛亮舌战群儒之时，轻视、讥笑、挑衅如潮水涌来，他从头到尾只是轻摇羽扇，举重若轻。那番不怒自威，光气势上，就赢得无比漂亮。

好的诗词、书画、戏剧、舞蹈，都能感到作品里充斥着一股气，这种气，是情绪不平的结果。从这个意义说，愤怒是某种强大的助力，处理得好，会推动我们前进——乔布斯因为对亲生父母不明的迷茫和愤怒禅修，继而把这种专注投身于创办苹果公司；崔健因为愤怒而创作出了脍炙人口的《新长征路上的摇滚》,完美地转换愤怒,需要强大的自省、自知和自制。

愤怒的第二重境界，是普通人的愤怒。

我们单位有个司机，平时为人十分老实、诚恳，结果一个年关过去，回到单位上班的时候变了一个人，处处攻击门卫：怒斥门卫弄丢单位快件，门卫升降杆稍微慢点就破口大骂，每次路过门卫都怒目而视。门卫终于忍无可忍，与他扭打在一起。事情闹得大领导都亲自过问，才知道司机在这个年关，一下失去了家里三个老人，每一个都走得匆匆，司机尽了全力还无法挽回。

王小波说："人的一切痛苦，本质上都是对自己的无能的愤怒。"当下级把 PPT 拿给上级审阅，上级骂："简单的东西都做得跟狗屎一样。"塞车的时候，旁边车主摇下窗户怒吼："你驾照怎么拿到的！"他们跟司机一样，只是寻找比自己弱小的对象作为发泄出口。

一个人发怒的时候，才是了解他最好的时机，他的真性情会完全暴露出来。愤怒让身体和精神达到暂时平衡，帮助普通人维持正常的生活，缓解压力。但问题不会因此得到解决。这种愤怒若不得到正视，并从根本上解决，会唤醒沮丧和悲观，最后变成无能为力。

愤怒的第三重境界，往往不止于愤怒，还有悲愤。

朋友的妈妈，年轻的时候便被抛弃过一次，改嫁后将朋友带大。按照朋友的回忆，继父和妈妈双方，妈妈总是极其强势的一方；在单位，作为领导的妈妈处事也强硬，令人生畏。朋友考上大学后，终于一家人开始进入松弛的生活，继父却突然患癌症撒手人寰。朋友有了孩子后开始跟妈妈同住，突然发现妈妈变成了极度易怒的人——热水器冷热不符合心意会愤怒，说好的下班到家时间朋友晚了一点会愤怒，甚至有时候大家开一句玩笑妈妈也会突然愤怒。妈妈变成了一个极其情绪化、矛盾和纠结的人，就连平时吃饭都一副略带冷漠的脸，仿佛随时准备为一点小事儿拍案而起，宣泄抑郁。

觉得凡事都不顺心，这是因为内心的怒无法得以真正释放而造成。这种愤怒的力量过于强大，日积月累，使得人已经不想去自救。愤怒着逃避自身的原因，不想去做改变，在内心，她已无视他人的存在，黑暗中只有一个无法被拯救的自己。这股深深的力量随时会被触动，就像章鱼喷出墨水一样，让周围跟着陷入黑暗。

还有一种愤怒，是带着乖张和扭曲的。

在一个跨国羽毛球队，潘彼特是球打得最好的人。在新手和老手混打时，他总是用最难听的英文肆意攻击打得不如他的选手。在双打中，一旦搭档配合不当，他就会愤怒得狂掷球拍，跳起来大叫大骂。有一个马来西亚球友十分不服气，苦练球技，在一次半正式的比赛中努力赢下了他一局。让人意想不到的局面出现了，输球那一瞬，潘彼特扔下球拍，以迅雷不及掩耳之势钻过球网，冲到对手面前狠狠给了一巴掌。

这种人，纯粹以愤怒时损害他人、事物为乐。他的自我是碎片，十分脆弱，几乎无力面对自己的独处。他们在众人眼中算得上是变态，癫狂是他最有可能走向的结局。

说到底，愤怒是精神和身体无法协调的终极体现。孟子说过一句话，浩然正气亦无怒不可。只有精神清明、身体强健、气态平和的人可以达到这个境界。在五行中，怒火对应肝的位置，愤怒让我们血压上升、双手发抖，感到窒息，每次愤怒，对身体都是巨大的伤害。

愤怒，在职场，表面是在示威，最终却只暴露了孱弱。现代职场，每次愤怒的成本都很高，影响有多深远，你无法知晓。在未来的日子，你也许会因为这一次愤怒而失去诸多。

在家庭生活或者亲密感情互动中，愤怒代表着某种不安、缺爱和缺乏安全感。这种力量由于面对最亲密的人，有时候会发展成为极端的例子。新闻中，女子和丈夫吵架，突然将婴儿从出租车抛向外面的车流；男人因为受了挑衅，暴力实施于妻子甚至酿成灭门惨案。极其强大的愤怒造成这种内心巨大的无序和失控，邪恶也因此而来。在他们的世界，一切是被搅在一起的，只要有一点风吹草动，他们就会觉得整个世界都在攻击自己，他们要反击整个世界。从他们认为最弱的地方下手。内心中，他们想毁灭一切，甚至自己。

人们很少意识到自己愤怒的真实原因。

有人说愤怒还是有好处的，比如让对方知道了你的底线，从而避免更重大的冲突。还有人说，愤怒打破了自己，让真实祖露在对方面前，有可能获得更深刻的感情。

愤怒到底有什么好处？在我看来，唯一的讽刺答案是：掩饰了恐惧。

嫉妒，找借口不如找出口

嫉妒会引导你找到你最在乎的人、你潜意识里最想过的生活；嫉妒会让你直视内心懦弱逃避、裹足不前的伤痛。

嫉妒，多么微妙的情愫。它静静隐身于心的阴暗角落，发作时仿佛一点盐不小心撒在本以为愈合的伤口上，让人猛然一疼。女人在情感上的嫉妒是惊人的，这也在某种程度上解释了为什么关于女人钩心斗角的小说和电视剧长盛不衰。嫉妒是女人的影子，有时候你看不见它，却不代表它不存在。

连她都找到真爱了；她的圣诞礼物里居然有个香奈儿包；她的年终奖凭什么比我多？我们嫉妒的对象可能是女上司，可能是最好的闺蜜，甚至只是迎面走过来的路人。凡是我们觉得有价值、能激起我们渴望，但我们在事实上又暂时无法拥有的东西，都会引起嫉妒。嫉妒这种情绪，像狐狸的尾巴，阴险地搔着我们心底那根敏感的弦。而我们通常的做法是，扳直了腰，微笑转身，绝不会承认内心里竟被这些阴暗的情绪挑动着。

你以为男女之间就没有嫉妒？你的夫人升职，拿回更加漂亮的薪水，你却总莫名地想砸锅摔碗；你的先生在你面前说女助手擅长处世之道，你却冷笑一声说她长得就像个狐狸精——你以为是什么在左右你的情绪？

嫉妒，它损害了我们的自我价值感，导致我们对自己沮丧和不满。我们会拼命掩饰这种受挫感，把原因归咎于外界，而不是坦然面对。当以下感受出现的时候，小心，也许你已经深陷嫉妒：情绪突变又无法解释、空虚、怨恨蔓延，贬损一个人或一件事毫无情面、全面彻底；在同一个人或者同一个生活情境面前，严重地感到不公的时候；生活在对他人的羡慕之中，经常感到焦虑，渐渐变得尖酸刻薄的时候。这些感受会导致你经常阴着脸，这不是平静的忧伤，这是恶毒的阴郁。

这个时候，请平静下来，问问自己，我是不是一个爱嫉妒的人？哪些情境中我特别容易激发嫉妒，这是一种什么感觉，我想得到什么？

当我们对某一些人或某些事情特别容易嫉妒的时候，这里可能带有情结性质。我们必须面对一个无法辩驳的事实：我们不可能处处都是赢家，在这个世界上的所有地方，当我们确认一件事物有价值，我们也同时确认了无数有相同想法的对手。

摆脱嫉妒的第一步是自我接受，承认自己的局限性，并用动态的眼光看待自己。也许我不够有钱，但我的先生非常爱我；她的业绩今年比我好，但我减少了熬夜，赢在了状态充盈。学会告诉自己：我并不差，而且，我每天都在变化和发展，时间会把我变得更好。

其次，树立足够的自信心，这个自信的前提是：我觉得自己很可爱，而不是在跟他人比较中、在外人的肯定中，才觉得自己可爱。一个内心充满了自己都不能接受的嫌隙和厌恶的人，消极的自我意象会使自己变得郁郁寡欢。

嫉妒处理得好可以转化成一种动力让自己去进步，从而消除这种嫉妒感。嫉妒会引导你找到你最在乎的人、你潜意识里最想过的生活；嫉妒会让你直视内心懦弱逃避、裹足不前的伤痛。特别嫉妒一个女人的美，能帮助你发愤图强恶补品位，女仆变女王；看到他与别人谈笑风生，你下定决心表白收获真爱；即便只是嫉妒一个办公室窗外的风景，你也可以选择考 MBA 进五百强，上演学渣到学霸的逆袭。总之，如果你是一个强者，嫉妒会让你有动力刷新他人的三观，完成人生"嫉妒"到"被嫉妒"的换位。

既然嫉妒如此可怕，我们也可以时常安慰自己：在某些人眼里，我也是被嫉妒的对象。但别高兴得太早，因为被嫉妒也不轻松，欣喜总是伴随恐惧而来。除非你的能力远远超越这个嫉妒你的人，达到了可以完全无视他的水平，不然你会很自然地既欣喜自己有长处让人嫉妒，又时刻恐惧这个人对你的敌对态度或行为。当你与嫉妒者发生利益冲突的时候，嫉妒会变成对方心里的一块嘶嘶作响的炭，一不小心你就会被灼伤。

所以，被嫉妒同样也是大麻烦，当遭受一些出乎意料的待遇时，如何改善？

　　对待嫉妒自己的人，你不能公然指责他的不是，只能从自身出发寻找问题原因和解决办法以谋求持久安定平和。

　　首先，你需要客观反省是不是自己的问题，比如是不是因为自己心里对他存有偏见和不满导致自己产生"他就是嫉妒我"的心理？是不是因为自己性格里有夸耀或是高傲的属性才招致嫉妒？如果是自己的问题，你需要及时改变自己。

　　反省过后，发现不是自身特点招致的嫉妒，相处中最重要的就是别被嫉妒者左右情绪。对嫉妒者的敌视与厌恶，很容易变成摔到墙上的乒乓球，变本加厉地反弹回来伤到自己。所以，积极充实自己，练就强大的心灵，当你自身达到"旁若无嫉妒，我心几分柔"的境界，所谓的嫉妒就会不攻自破。

　　为人谦逊低调，在某些地方刻意隐藏下自己的锋芒，也是一种有效弱化嫉妒的方法。使用一些相处的技巧，可以帮助你在敌人面前加分——适当地表达欣赏、主动示弱，甚至恳求帮助。积极主动只是外在的表象，态度真诚才是内心的撒手锏，若你可以做到这些，气氛会潜移默化柔和下来，彼此安好并非难事。

　　如果你已经做了那么多，却依然无法改变他人嫉妒自己这个事实，就放下芥蒂，任天高海阔吧。理解这些嫉妒自己的人，感谢他们使你变得更强大。所有关系的建立都要付出代价，而与一个对你并不友善的人建立和谐关系会消耗更多，性价比又如此低。你愿意付出，那是你的修为；倘若不愿意，简单易行的办法也不是没有——绕行加无视即可。

对于嫉妒，不必太紧张，也无须太负疚，保持一种"判断力的平衡"，时常尝试努力去看清楚自己所嫉妒的事物，嫉妒就成为一种让你自觉自醒的正能量，让你释怀，让你更加"高端大气上档次"，而不是"嫉妒羡慕非常恨"。

如果拖延成了症

找出你真的觉得重要的东西，穿越它。找到自己真正接受的方式，实践它。当你找到这一切，拖延症会不治而愈，因为，只有真正的热爱和欲望，会让你半夜也要咬牙爬起来，世界酣睡，你却坚持前行。

这个时代，我们已经不把懒惰说成懒惰了，我们叫它拖延症。这玩意儿，是现代病中的感冒、失眠和颈椎增生，谁没有点儿，都不好意思说自己是脑力工作者。

不能按时还信用卡，忘了买音乐会的门票，直到生日前一天才去买礼物……在最后限期来临之前，我们不断找消遣的事儿，查看电子邮件、网上热门话题、新游戏的攻关攻略……把时间和精力花在各种小事上，日积月累，最后使自己陷入焦虑和疲惫。

明清交替时，钱鹤滩就写下了脍炙人口的《明日歌》："明日复明日，明日何其多。我生待明日，万事成蹉跎。"现代社会长得就是一个专跟专注对着干的样子。海量信息轰炸直接导致的就是兴趣分散，注意力缺失，容易走神。一个社交软件到另外一个软件，一个网页到另一个网页，时间碎片化，深度思考与阅读缺失，取而代之的是无意识地刷屏，却忘记了自己最初拿起手机的目的。长时间采取坐卧姿态、睡眠不规律、以速食快餐或垃圾食品果腹，这些东西全都搅和在一起，拖延症就在其中像细菌一样飞快繁殖。

豆瓣上有个"拖延症小组"，跟帖里有各种关于拖延症导致人生惨败的故事：有人因为玩"空当接龙"游戏错过一场精彩的采访，有人因为不整理自己的衣柜夏天还穿着羽绒，甚至有人因此失掉学业、高薪工作、女友，让人啼笑皆非。

单纯地做事拖拉，只能定义为"拖延"，这是一种习惯，这些习惯可以通过很多方法来克服，类似于定闹钟提醒自己，加入共同目标的兴趣小组互相激励，断掉网络等外界干扰强迫自己，等等。

只有当"拖延"已经影响到情绪，伴随着自我贬低、焦虑、抑郁、强迫等心理问题时，才能称之为"拖延症"。

但我们依然不想把拖延症当作一种病。因为拖延症患者何其无辜，他们的本意不是不想改变，很可能是太想改变。

小岩的父母是高级知识分子，在那个端庄的家庭，他从小就生活得神经紧绷，唯恐犯什么错误，父母眉头一皱，他心里一沉。

高考前三次模拟，他的分数都过了重点线，大家一致认为读个重点大学不会是什么大问题，第二志愿没有考虑周全。结果小岩高考成绩不好，普通本科加冷门专业，父母对他彻底失望，小岩本人也掉入一个很深的灰暗旋涡。本科毕业后，大学四年他努力学习，成功保研，名单公布时，他只是淡淡一笑——不过挽回一局，哪有什么胜利。

　　工作之后，他很拼命，但是领导交给他的任务总是拖到最后一刻，有时甚至无法完成。每次一接到新项目，那种挫折感就会慢慢浮现出来。从考虑到执行再到调整，权衡否定，自我怀疑，无数的可能都被扼杀在内耗中，什么时间正式开始？对他来说这是一场激烈的博弈。

　　与预期不符的挫败感，是小岩拖延症的底色。

　　知乎网上有网友一针见血地指出，消极拖延症的深层心理是：回避失败的恐惧，甚至害怕成功，他们关心别人怎么看自己，宁愿别人觉得他不够努力而不是能力不足。他们没法下决心，因为下了决心就要承担责任。

　　心理学家尼尔·弗瓦尔说：人们拖沓的主要原因是恐惧。

　　现代社会只有小孩，是肯定不会患上拖延症的。他想吃什么的时候，肯定伸手就抓；想玩什么的时候，会大声明示。孩子的世界很简单，我想要什么，我奋不顾身爬过去拿到它，然后父母会赞扬我，我开心得尖叫。在这种目的和自我意识完全一致的前提下，行动力充沛是顺理成章的事情。

　　人的成长，是一种逐渐社会化的过程，我们终究明白很多规则，明白自己的责任和义务。有许多我们不愿意去做的事包含其中。它不是我们的本意，只是我们的角色。在工作上，这个 PPT 不是按照我本意设计的，这么做只是配合某些人歌功颂德；这次相亲，不是我本意前往的，是完成父母的期待；这个同类，我本意并不欣赏，但利益需要我要跟他热络相处，甚至肝胆相照。无数的"不情愿"发生在我们的世界，我们对自身的角色努力承担的同时，也心生倦怠甚至恨意，这种从"开始"到"最后限期"之前的逃避，就成了拖延症。这一切逃避其实是抗争，那些拖延时间中我们干的产生各种小快感的事儿，让我们得到一种对自己自嘲的快感。

但世界上，有的人绕过了这种活法，他们审时度势，突破规则，看清了自己内心真的在乎的东西——这个可能是最爱的事儿、家庭、自我救赎的目的，一场事关荣誉的战争。无论如何，一个声音在他心底说："你必须去。"然后他们奔跑起来，无关紧要事情的失败、他人的意见和评判甚至整个世界的坍塌或狂欢，都成了耳边呼啸而过的风。

我们叫这种人偏执狂，他们的特点是：不需要完成，渴求的是创造；他们找到了与自我需求匹配的东西，一秒钟也不想再等。历史上，这种人有些成了伟人，有些成了魔鬼。

我们只是凡人，但我们有权利让自己活得更接近内心的自己。对待来临的所有事儿，不一定用理性去判断其价值，若是十分抗拒，不妨放弃；放弃不了的，挣扎中自会归来。顺应，才是最好的结果。一个身体多病虚胖的朋友，二十几年来父母朋友都苦口婆心劝她运动调理，她置若罔闻。结果，在婚礼前一年，她突然行动起来了，深蹲负重，针灸喝茶，甚至报了一个心灵净化小组，用冥想来减肥。我问她什么是动力，她说，我每天都看着婚纱，想象自己穿进去后光芒四射，那场景热泪盈眶。

心理学家东布罗夫斯基说，拖延的本质是什么？一场和自我的战争。新的自我一日找不到，就一日不能坦然面对世界，连带着身体也跟着倒霉。

找出你真的觉得重要的东西，穿越它。找到自己真正接受的方式，实践它。当你找到这一切，拖延症会不治而愈，因为，只有真正的热爱和欲望，会让你半夜也要咬牙爬起来，世界酣睡，你却坚持前行。

我们应该怎么吃

我们对待食物的态度，就是我们对待自己的态度。

在这个时代，我们跟食物的相处总是有某种尴尬。

一部分的人过分计较卡路里，选择困难加处处谨慎，把对自己的不自信都投射在一只美好的母鸡身上；有的人，只爱黑暗料理，最喜欢在伸手不见五指的餐厅里进食；有的人，处理悲伤和痛苦的办法就是暴饮暴食；有的人甚至吃不下吐出来还要坚持吃，最后患上了厌食症。

现代人基于压力、自毁或者为了逃避人际关系和社会接触越吃越多。刚开始纵欲时，暴食仿佛快乐激情的交响乐，但最终会变成妖魔化的胆固醇，成了一种病。贪食，是失败以后情绪的转移。当我们紧张、沮丧、痛苦的时候，我们总渴望快点抓住某些东西，胃变得特别空洞，需要填充。孔子在《礼记》里讲"饮食男女，人之大欲存焉"。这是孔子对于人生的看法——形而下，凡是人的生命，不离两件大事：饮食、男女。一个是性的问题，一个是生活的问题。食物在这里被提升到跟性一样重要的地位。可见，把胃填充了，感受就能得到暂时地平复——我们至少占据和吞噬了什么。但当痛苦很快卷土重来的时候，食物就不那么好使了，过度填充让我们恶心、无力，对于自控的失败以及显而易见的不良的后果，都让我们再度挫败。贪食，是一种小小的绝望、小小的投降与小小的自我放弃。贪食者的潜台词是："既然你不爱我了、世界也不爱我，我也不要爱我了。"我们躺在大雨天的泥泞里昏然大睡，我们带着三天没卸妆的脸木然出门，我们碰翻办公桌却听不见上司的大叫大吼……这些心情，和我们毫无所谓地把胃当无底洞，什么都往里倒是一样的——与其让世界毁灭我，还不如我自己来。

贪吃，在中国，有时候是潜意识对物质的不安全感。中国人请客吃饭，菜必多，酒必好，饭菜有余，方显大方和阔绰。客人嘴上频频阻止，其实心满意足，大快朵颐。还有一些老人，总是做一大桌子饭菜，吃不了，下顿就吃剩菜剩饭，搞得自己肠胃不好却固执己见。这潜意识是穷怕了，这顿有要好好吃饱，下顿怎么样不好说？我们和食物应该是平等的。对美食感恩、平等、互相尊重，它服务于你，你配得上它，这是比较好的状态。不美好的食物应该尽可能少放进嘴巴，它只会增加你身体的负荷，让你付出更大代价。台湾知名饮食旅游生活作家叶怡兰说："我觉得吃是一件既简单又复杂的事情。比如说我现在饿了，手边刚好有一包饼干。这包饼干是哪里来的？用过哪些地方的原料？经过哪些传统的手工艺？又经历了怎样的销售流程？一种食物就牵连了一个广阔的世界。如果说我一开始关注食物时，注意的是食物哪里好吃、哪里有好吃的食物，那么我现在的思维就更宽广了。"

享受世界，最简单的途径是享受美食，而在叶怡兰的心里，"但享乐不应该是一般人既定的表面、浮面的感官的刺激，它是一个非常深度的体验和学习，真正能够了解每一个物象背后代表的广阔世界，以及在这里面它蕴藏的意义。这才是享乐的高级境界"。

我们努力让吃更具备一些形式感。法国人从开胃菜、开胃酒，到最后的甜点，每上一道菜都要更换一次碟、叉、刀等用具以及配菜的酒，整个过程足足进行四个多小时。在中国古代，我们所谓的"礼"，"如何吃"更比"吃什么"重要得多。《论语·乡党》里用大段的文字规定了饮食的诸般禁忌，《礼记·乡饮酒义》中特别为此解释说，"非专为饮食也，此先礼而后财之义也。"形式感有时候是重要的，它让我们确认自己的位置，赋予我们自我尊重。

这种形式感体现在当代，大概就是口渴的时候找一个东西解渴，你要问自己是要喝水、茶还是咖啡。如果要喝茶的话，想喝红茶还是绿茶……认真地面对生活的每一个细节，讲起来很麻烦，其实心念一动也就是一秒钟的事情。但一念之间，却包含着严肃和专注。若你喜欢的茶都可以找到适合的杯子，成为生命里面非常安稳踏实的存在，往往你也就找到了自己的位置。

我们还原吃本来的温暖气质。在这个地沟油和防腐剂泛滥的年代，每天安心做饭也许才是我们追求的，对家庭温暖的具体意向。欧阳应霁的18分钟系列，用18分钟就能做出一个菜，好吃又好看，多半还很健康。在上海美食家受俏看来，做饭是一件非常老派、传统且没有任何技术含量的事情，根本没有值得骄傲的地方。《主妇日记》记载着受俏每周一雷打不动地为老公和他的朋友烹饪大餐的经历。为一顿饭苦思冥想，四处购买做饭材料——"我不在超级市场，就在去超级市场的路上。"掀锅之时那滚落肉锅中的浓浓酒香，心里多少眼泪会化为乌有。

当饮食成为人类过分沉溺的欲望，其他一切罪错便随之而来。看过一句话："世界是一个超级市场。我们不只消费杂货，还消费爱情，因为我们用来计算理想对象的思维方式和计算一把牙刷优劣的办法是一样的。"我们对待食物的态度，就是我们对自己的态度。在闹哄哄的本帮菜馆大嚼红烧猪肉，在梧桐树旁小露台细品牛排鹅肝，美食那么好，千万别辜负它。

美食那么好，千万别辜负它。

刻薄，牙缝中的一片韭菜

刻薄是一种时代姿态，大家都争先恐后模仿。它成了生活里的幽默和错位、戏谑和愚弄。不用为这些事儿太玻璃心，只需要牢牢把握住黄金万能钥匙 ——"认真你就输了。"

刻薄在当今，已经不是一个完全的贬义词。

在荧屏上，大家喜欢看到刻薄的人。在知乎网上，有个问题——为什么谢耳朵那么刻薄外加行事古怪可是仍然招人喜欢？？刻薄，百度词条里的意思是："是对别人过于尖酸，冷酷无情，不厚道。"人们能见到的刻薄，是否真的刻薄？不好说。有些刻薄并一定是他们本人在生活中的样子，准确说来是"表演刻薄"。大家也把观看刻薄当作一种放松。

古今中外，刻薄的作家都是千古垂青的。巴尔扎克，他写混蛋时总有一种上帝般傲慢的恶毒洞察力；奥斯丁，喝着下午茶闻着山茶花把所有庸大叔和俗大妈讽刺个遍；鲁迅揭发中国人劣根性的时候那叫不带一个脏字儿。

大家都喜欢看这些人在书里伸出手，一下接一下抽自己的耳光。有了社交软件和智能手机就更好说，这恰到好处的距离感用于自虐或者意淫正合适。

刻薄是一种时代姿态，大家都争先恐后模仿。

《小时代》里的顾里就是刻薄界的劳模和标杆，具备随口喷毒液的姿态——永远不会被对方难住，挽着大衣的姿态像拎着盔甲的女猎手，高跟鞋踩在大理石地面上干脆得像踩在敌人脸上。

顾里的爸爸无比怀念地看着她小时候的视频，她却厌恶地关掉后对爸爸说，每个人都有自己不堪回首的过去，拜托你不要那么恶毒地老反复提及。

喝着卢旺达的烘焙咖啡，她会说："那地方的人是不是味觉有问题啊？他们的味蕾上不会一直分泌蜂王浆吧？这玩意儿苦得能把自认命苦的小白菜给活活气死。"

遇到敢跟她争位子还呛她年纪大的学妹，她心平气和地劝："拿着你这个从太平洋百货里买来的廉价包包，赶紧找个新的位子去吧。"

至于破产姐妹里的 MAX，那简直就是靠刻薄得生存的大神，全球收视率一半靠她一根舌头撑起来。

这些刻薄的影响力，已经辐射在了现代年轻人交往模式中。大家现在用谁跟谁说话更刻薄来衡量跟对方关系瓷实的程度。日常生活中，敢于对你说话极度不客气的，就是默认为"内心不设防类"的朋友。所谓"吐槽就是刻薄的亲儿子"，大家现在都奔着这个路子去——"年轻人用互损烧完青春，老年人用互捧安度晚年"。您瞧着，相亲里互相说好话的肯定不了了之，能好上的都是真人版《傲慢与偏见》，伊丽莎白抓住一点内心的小聪明往死里傲娇，达西冷眼旁观内心独白只有"呵呵"。

当然，要真在愉快生活里抬头就撞上一个对着你满嘴狂喷酸水的人，也不是件让人好受的事儿。请观察一下，若他对所有人大概都这个德行而非针对你，不妨用"食肉的动物不长角，食草的犄角高"来一笑了之。

还有一些人比较纠结，说话刻薄但并不以此为乐，反而是无法控制事后又懊恼无比，这类人，大抵有一些心理可循——

习惯性以否定来面对关怀，这一模式对应的心理过程是：先摆出高冷姿态与对方划清界限，其实是给双方设置一个潜在的"建交难题"，对方若表现出足够热情和诚意，刻薄者心中的"安全绿灯"才会亮起。

心理年龄还停留在青春期，需要通过"反叛"彰显自我，唱反调到了极致，就会质变成刻薄。

对于一些自己未能原谅、无法放手的情结和坎儿，心里存有反抗、甘心、委屈，一旦有类似点触动，就会习惯性地开始攻击他人。

表演欲强，说刻薄话显得反应快，也让周围的人很兴奋。他人的惊慌失措、笑、围观，都是一种鼓励和纵容。

懦弱。这里专指在网上摇身一变，乖戾、尖酸、攻击性极强，不只于刻薄，甚至恶毒的人。面对显示器让他们感到强大，无成本的网络世界才让他们有胆。网上言论才是他不加掩饰时候的真实样子，这种人并非在网上神经病，只是平常装正常人装得特别逼真。

　　所以，当了解了刻薄者内心的苦楚，保持沉默就变得不那么艰难。一个巴掌拍不响的无视对他们来说是痛不欲生的凌迟，若你舍得在里面放三分宽容，则足够让他们暗自感激。

　　说到底，不管是"喜欢刻薄"，还是"被刻薄"，刻薄并非大问题，好比"高中那年，在漫天大雪中，你最心仪的女孩突然温柔地转过头，冲你一笑，齿间露出一片韭菜"，这是生活里的幽默和错位、戏谑和愚弄。不用为这些事儿太玻璃心，只需要牢牢把握住黄金万能钥匙——

　　"认真你就输了。"

死于贪婪

野心是拿自己想拿的，贪婪则是别人的也不放过。

"贪婪"，在人类起源之初不是一个道德词汇，更像一种选择机制。"贪婪"的人更容易生存下来，一个原始人食量比其他原始人大一些，所以他需要更多的食物，对应地变得更凶残一些。这就和一棵大树霸道地伸出巨大树冠阻挡其他小树获得阳光是一个意思。自然法则留下了这些"贪婪而变得强壮"的，淘汰了"无私实质是无能"的。

可到了物质极大丰富的资本主义时代，人类的贪婪并没有得到任何改善，只是变本加厉。毛姆在小说《午餐》里，他用一顿饭的时间刻画了这个事实。作品描述了一个贫困的青年作家不得不请一个陌生的女读者吃饭，衣着优雅的女读者声称"这只是一道菜的便饭"，然后在"我从不吃……"的反复表白里，吃下了鲑鱼、鱼子酱、芦笋、冰淇淋、桃子；喝了香槟、咖啡。毛姆对女读者的描述是"爽朗的"、"兴高采烈地"、"仔细认真地"，而贫困作家则是"脸有点苍白"、"心一沉"、"非常慌张"到绝望得"再也不担心账单了"。

2014 年，美剧《绝命毒师》席卷艾美奖、金球奖、美国导演工会奖等各大奖项。它的英文名叫作 *Breaking Bad*，直接译过来就是"逐渐变坏"。

故事讲的是，一个失败的中年男人沃特·怀特突然被查出患了癌症，面对儿子轻微智障、女儿尚未出生，家境一贫如洗的状况，他决定铤而走险贩毒，本意只是为家里留一笔家用。然后，该剧用 47 集 2000 多分钟的时间，缓慢而深刻地揭露了贪婪隐藏在普通人的体内，一旦变异如何迅速蔓延并侵占我们的灵魂。

在《绝命毒师》的第一季里，当沃特·怀特还是个不得志的初中化学教师时，妹夫在他的生日派对上揶揄他，他不过是苦笑。他心地善良到有些懦弱，做成第一笔毒品生意，嫌搭档给司机钱太少，从自己那份里又抽出几美元填补上；而到了第五季，他为了减少分赃伙伴，遇神杀神、遇鬼杀鬼。他为自保第一次杀人时，浑身颤抖、泪流满面地不停地说"对不起"，第四季结束时他苦心设计连环计，把贩毒搭档炸鸡店老板炸死。

为了这份贪婪，他变得吊诡、敏锐、偷天换日、滴水不漏也无所不能。最后他因为一本草率放在马桶上的笔记本而泄露身份，观众表示有些不像他谨慎的做派。对此，老白的扮演者布莱恩·科兰斯顿在一次专访中发表了自己的看法："他只是变得不在乎、草率了。他曾经是一个科学家，所以对他来说是不存在观点的，只有被证明的理论，一旦证明之后就是毋庸置疑的事实了……但人性不是这样的，当沃特·怀特开始真正领略贪婪、自负、骄傲等人性的阴暗后，他突然开始做出很情绪化的反应——

记得他是怎样杀掉迈克的，那是完全癫狂的状态，你能看到他黑暗一面的完全释放。所以要他坐在马桶上随手读着这样一本至关重要的笔记本然后再把它放回去，完全有可能发生——因为他已经变得越来越真实。"

贪婪得浑然不觉时，人便会以为自己是上帝。

老白离我们一点也不远，老白就是你，也是我。

《百年孤独》中的"马贡多"，覆灭于早已注定的那场洪水灾害，工业文明取代农耕文明不可逆转，但曾给人类带来财富的工业文明，最终也将人类推向灭亡。

因为贪婪，我们有了稳定的工作就开始抱怨收入太低，得到了暴利又开始想争取权力，得到了权力又想压榨他人。刚开始我们还有所忌惮，渐渐地我们麻木到忘记目的，只记得杀戮本身。

因为贪婪，我们得到了爱人的心还要他全部的钱、放弃家人只对自己好，逐渐限制对方的自由，甚至要求他牺牲梦想，直到对方终于承受不了，耗尽温存。

但也正是因为贪婪，我们才承受得了恐惧、离别和煎熬。

我们不可能脱离贪婪，从婴儿的贪吃到老年的守财，贪婪贯穿我们一生。仇视富二代的屌丝，一旦得到他的垂青，立刻愿意在"宝马"里哭；华尔街的高级白领说："我的报酬是丰厚得有点过度，但是它过度得远不厉害。"现在社会，贪婪披上了一夜成名、富翁相亲会入场券、奢侈品的外衣，它改头换面，几乎等同于梦想本身，站在了道德的制高点。在这个社会，如何把握好其中的度，变得越来越难。

给物质规划一个度，才留得下感知温柔的能力。节制，是尊严的开始。如果你内心的贪欲隐隐作痛时，你就问问自己，什么是想要的，什么又是可以要的。因为野心和贪婪的区别就在于——

野心是拿自己想拿的，贪婪则是别人的也不放过。

■ 第二章

你要清清楚楚面对自己

若要更深刻地解除自己的心结，就需要更深刻地自我认知。问问自己，我的童年给我带来了什么，我是否能诚实面对自己的欲望，我追求什么，我最不想面对的是什么……自我认知需要勇气，在此过程中，很多未知和意料之外的答案会出现，有时候我们自己都会被吓一跳。自我认知就像卸妆，去掉一层层粉饰，真实出现，我们的心灵才能自由呼吸。这是一条无限探秘、无限接近却永不到达的旅程，每次答案都是成长路上小小的勋章。有时候，我们甚至因此找到一条新的路，看到与过往完全不同的可能。

喜欢自我追问的 S 君

自我认知是一个无限层次的探秘，随着阅历和经历的增长，读过的书，认识的人，路过的故事，都不断提升它，而自我修正的意图和努力，也会非常明显地影响着下一次发问的答案。

经常听人说，"不知道为什么，今天心情很糟糕"；"莫名地，那一瞬间就很害怕"；"无名火立刻就蹿了上来"。

S 君不喜欢这些说法。作为中国知名学府社会学系毕业的学子，他深信，一切皆有其规律，所以没有无缘无故的爱恨。"莫名的"，当作一种口头禅没有问题，但若是真这么认为，并依赖和借口于此，就不好笑了。

当然，他也有很多莫名的时刻，莫名的情结、莫名的困扰。这个时候，他会坐下来，摊开一个笔记本，一个问题接着一个问题地逼问自己——向自己提问。

上一周，S 君的心情都很不好，他感觉浑身都沉重，压力很大。周末，他开始了一次自我追问。

这一周我都压力很大，这种感觉是怎样的？

嗯，我感觉好像很多双眼睛看着我。

为什么大家都看着我，让我不自在？

……一周前我跟直接上司有一次公开冲突。

看来糟糕的感觉还留在心里。那它造成的你的最大担心

是什么？

写到这里 S 君停了下来，想了一会儿。然后，他在这个问题下画了

三个箭头，写了三个原因：

吵架之后一直陷于后怕，担心被报复；吵架之后总感觉

大家都在看自己和她的下一步关系走向，变得敏感；我和团

队的关系好像更糟糕了。

哪个是最主要的原因？

S 君想了很久，确认是最后一个。

眼神也好，吵架也好，沉默也好，都是导火索。真正困扰他的，是

长期以来跟团队的隐隐的不和谐，导火索只是让一切迅速失衡，无法隐

藏。就像花粉症患者突遇美好春天，表面上风和日丽，其实早已经瘙痒

难忍。

S君叹了口气，写下这次自我追问的终极问题——我该如何处理好与最亲密的人群之间的关系？

S君的每次自我追问，最后都是以"我该如何做"来结尾的。S君坚信，所有的外在只是诱因，而非原因。人们会说，是堵车让我迟到了，但不会承认"是我赖床非要多睡一会儿"；是现在的社会太不公正了，但无视"跟我起点一致的人多的是比我干得棒"；是婚后他的倦怠让我歇斯底里，但从不承认"后来我也忘记了进步，越发没有安全感"……困惑就像脸上的湿疹，若不找到内在的深层根源去调和平衡，光靠激素抑制，让人不快的局面只会短暂消失，然后会变本加厉地让我们更加难看。

自我追问像一把手术刀，把我们不愿意面对和承认的解剖开来，让我们清清楚楚地面对自己——所有的痛苦，最后的根源都在自己身上。

当意识到自己与团队的默契度不高之后，S君开始思考如何改变。他决定从最直接的点切入，多参与团队活动。于是，他不再中午时候单独去吃饭，而是与大家一起去食堂；不再推掉出差项目，花更多时间在团队情感沟通上。他敞开心扉与大家交流，错了就大方自嘲，不再疑虑和遵循脑海中假定的潜规则，或者模仿某个同事。渐渐地，大家把他当作"自己人"，隔阂消失了，但新的问题出现——大家常常对他的态度提出抵制、打击，这种力量非常统一，以至于S君不得不进入下一个阶段的提问。经过很多很多的箭头后，他发现了，原来自己竟是一个自信心膨胀的人，有一份与客观不符的自我满足一直放在心里。

认识他人是容易的，除了最最亲密的几个人，说到底，我们抓住几个与自己区分开来的点来认知他人就足够——贴标签、分类，下一步的应对则根据你俩关系的亲密度而设定。

而自我认识是困难的，这是一个无限接近却永远不会真正到达目的地的旅程。

我曾忍不住提问S君，这世界上，真的所有问题都有答案吗？

S君说，你若是问：土星上究竟有什么？黑洞理论会不会有一天被推翻？艾滋病有没有疫苗？可能暂时没有答案。但你若问自己，就连爱情，落实到你为什么爱一个人，细细分析，也能找出很多逻辑上的对应。比如，你说你和他是一见钟情，那天他在主席台上的一番幽默演讲给你留下了深刻印象，这已经包含了"我内在欣赏和期待的就是富有感染力的人"，为什么你爱这样的人？追溯起来，也许是你从小是学霸，期待精神交流更多；也许你内心很需要一种崇拜感，他满足了你；也许他说话的自信劲儿像你的爸爸。在上司不再对他冷若冰霜，前台小妹也回应他无伤大雅调情的快乐下午，S君陷入了伤感。他前面摊开的本子上，写着一个问题——我为什么是个自信心过度的人？

他想起了大学时代，那是他最快乐的一个时代，本地人的他不小心成为宿舍经济条件最好的人，他周末明明可以回家吃饭，但他不，他愿意在宿舍跟大家一起，请所有舍友到学校东门小馆吃串喝酒，体验那种与其说义气不如说小小的救世主优越感；他想起了中学时代，他优秀、好强、渴望得到承认，一次民主生活会，因为同桌突然站起来给他提意见，他气得失控差点动手打了他；他甚至想起模模糊糊的童年，父母总在吵架，只有他的尖叫能阻止一切，也许就从那个时候开始，他习惯了用强硬的方式来证明自己，处理这个世界……

S君意识到，达到表面的融洽是可以的，但要解决内在深层的过分自信或者自卑，并非一朝一夕的事情。他闭上眼小憩了一会儿，在那个下午，他决定放过自己。

问题没有解决怎么办？

承认不能解决，也是解决问题中重要的一种。

一次又一次地提问，就像在黑暗的隧道找宝藏，答案出现的时候，样子也许与我们所想大相径庭，甚至是让我们受到惊吓。答案只是一把锁，钥匙可能在附近，也可能要走一段很长的路。对自己的体力、能力、毅力、意愿都做了评估，你可以选择接受此刻的位置。重要的是，你已经代替命运的法官，向自己施加了判决；内在的宇宙中，你为自己制定了一个新的规则。

我能肯定，S向自己的追问不会停止，在某个失落的下午，或者某个特别愉悦的午后。而对于同一个问题，他的回答也许会不停改变。自我认知是一个无限层次的探秘，随着阅历和经历的增长，读过的书，认识的人，路过的故事，都不断提升它，而自我修正的意图和努力，也会非常明显地影响着下一次发问的答案。

只是，这一个一个的小答案，是成长过程中一个小小的勋章，这是自我战胜的奖励，在此过程中，我们因为看清了自己的样子，灵魂飞得越来越高，自我却越来越小，看到的世界越来越广阔。终于，在路上，我们宽容了他人，更宽容了自己。

活在童年的我，你还好吗

　　童年甚至婴儿时，我们是无力的承受者，而成年时，我们可以是主动的创造者，成就自己的人生。

　　每个人大概都对童年会有一些不满意，这种不满意，有时候会随着我们长大、因为了解自己和读懂了父母，变得更加深刻。

　　这种不满意，有时候甚至不是来自于非常大的变故，比如离婚、家暴、遗弃，它的出处有时候小得让人诧异。

　　有个挺棒的男性朋友，什么都好，就是说话很刻薄。有一次聊起来，他说到他的父母。他的爸爸是山东人，进北京当了厨师，认识了有些家底的北京生意人——他的妈妈。早期，妈妈家庭的帮助让爸爸在仕途上走出了天地；后期，爸爸当官后的资源也反馈到家里，让他们过得更好。

　　按道理说这算得上"共同奋斗"，但他们之间并不相濡以沫。他爸爸妈妈一辈子都在吵架，每句话都直指对方痛处。最明显的是，妈妈嫌弃爸爸的微寒出身，爸爸讽刺妈妈的小资情怀——

　　妈妈："亲戚又来家住啊，就多买几斤肥肉吧，攒个油饱。"爸爸："是，都学你吃素，胆癌医生才不能失业啊。"

爸爸："哎哟，过去出门都打车，现在倒费劲去打高尔夫了。""呵呵，是，我不运动，早死了你才高兴，赶紧找别的女人。"

说到朋友的时候，爸妈都用"你儿子"来指代——"你儿子病了，你带去看看吧。""你儿子本事了，昨天打架了，明天你去班主任那受教吧。"

朋友觉得这就是家庭该有的样子，直到初中的时候，去了一个同学家。去的那天，同学妈妈单车丢了，很着急。他想完了，阿姨要被骂了，单车在当时还挺贵的。结果同学爸爸一直好言相劝，又陪着妈妈出门找了一圈，没找到。回来的时候，同学爸爸做的饭，妈妈也平复了情绪，开始讨论明天怎么上班的问题。

他看呆了，原来有的父母是这样的！

从那时候开始，他变得叛逆，无论父母说什么，都直接站在对立面。现在他已经三十有四，不太懂表达感情，对爱人也不懂宽容以待。他说每次跟女友分手，总会莫名地想起在同学家住的那个傍晚。

人的记忆多么任性。

有一种常见的男人，对外人好到不行，对身边人却凉薄到不近人情，细问之下，这种男人一般都有深受控制的童年，被强迫扮演乖小孩。他习惯了父母对他的要求，呆板机械，缺乏活力。野性、突破禁忌、不负责任的女人身上所具有的活力，对他才有不可抗拒的吸引——原来人可以这样无所顾忌地活着。

在豆瓣上我看过另外一篇文章。作者是女性，是深山里面出来的，在那个食不果腹的环境，女孩不被尊重，女童被漠视、抛弃是常事儿。她发愤图强考到了县城，从初中开始寄宿。中专她学了护理，被北京一家美容院选中，来北京当了美容师。她留在了北京，虽然没房没车，但她很知足。她说，她喜欢乘电梯的时候陌生人主动帮她按楼层，喜欢女孩子们可以一起去逛超市，喜欢每次进美容院客人对她微笑。

她很满足，世界这样尊重她。

宫崎骏说：童年不是为了长大成人而存在的，它是为了童年本身、为了体会做孩子时才能体验的事物而存在。童年时五分钟的经历，胜过大人一整年的经历。

在最新的研究里，若婴儿向妈妈发出信号，而妈妈不能在七秒钟给出准确回应，婴儿就会产生挫败感。若总是受挫，甚至总是彻底受挫——妈妈总是熟视无睹，基本不回应，那么，婴儿就会减少甚至再也不向妈妈发出信号。他们说，极度严重的宅男，极可能都有这样的成长经历。

现在我们回首童年，我们明白了一个幸福童年，不仅是有爱、有保护、有陪伴，还要有回应、有尊重、有适时放手。

如果以后你有了孩子，你可以时时刻刻观察他，即便在他玩得旁若无人的时候也静静听着他的呼吸，感知他的喜乐，当他打不开复杂的罐子对罐子发火，你可以温柔爱抚他的头，帮助他；当他玩累了一转身，你已经紧紧拥他入怀，告诉他你随时都在。也许当你有了孩子，你会想把童年所有的遗憾都弥补，把你所拥有的最好的能量和爱都灌注在他的身上。

可是你不能成为你的父母，你不能为你自己的童年负责，更不能改变历史。就算你的父母是离异甚至家暴，在他们的人生中，父母已经因此受到比你更严重的创伤和惩罚，当时人生给他们的重担让他们自救无力，只能选择对你的感受放手，这些苦你也是难以体味的。

但时至今日，你已经长大，不再是那个仰人鼻息生存，只能躲在母爱荫庇下获得安全的你。你可以给自己确立一个新的人生观，你可以选择走哪条路，你自给自足，可以给自己创造更多的爱、自由和归属。

有一位父亲，生了三个儿子，而后抛弃了母亲。三个儿子在极度艰难的环境下长大，成年后都结了婚，但三种不同的态度带来了三种不同的结局。大儿子想，因为目睹不公，所以要杜绝于此，做个负责的人，他家庭美满；二儿子只见过这种婚姻模式，不自觉地模仿父亲，离婚收场；三儿子觉得命运待自己不公，娶了老婆后把这种愤怒转嫁他人，造成了比抛弃更进一步的家庭暴力。

依靠现代信息的多元和教育的普及，很多人都明白了一点：我过得不堪，很多问题是出在童年的不堪。这只体现在文字中，而不发生在生活的自我改善中。对于生活而言，分析重要，更重要的是引出感受、正视自己，然后让改变发生。有些人生的轮回，没有简单的破解。从一个无意识的轮回者，变成一个有意识的观察者，同时也做一个有勇气的体验者，才是关键。

轮回有其意义。演员吴秀波说过一句话："我总觉得轮回不用等到下世，今生今世就能看到，那就是你的父亲，你的孩子。"若你有深刻的反思和觉醒，以及推翻自己的勇气，你可以整合儿时就形成的性格，你未来的孩子，会在这种自我修正后和趋好中受益。童年甚至婴儿时，我们是无力的承受者，而成年时，我们可以是主动的创造者，成就自己的人生。

有很大一部分背井离乡的人，潜意识在逃避父母。但重要的是，你的身体已经离开故乡很远，你要做的是让心离开孤独童年没有那么远。

《少有人走的路》一书的作者斯考特·派克说过，童年形成的心理逻辑，是一种心灵地图，我们必须及时修正自己的心灵地图。因为，生存的环境不一样了，你还沿用旧地图，这怎么行？

豆瓣里的那个作者，竭尽全力为自己选择了新的地图。走得远远的，等到有能力的时候再去反思，先对自己负责，再对别人负责；先过好了现在，再一点点理顺过去。

一直往前走，别畏惧。偶尔停下来，回过头，童年那个小小的身影始终跟在你的身后，蹲下来给他一个温暖拥抱，告诉他，别害怕，未来会很好。

钱，当然很重要

当我们谈论钱的时候，很多时候，我们在谈论我们的尊严。

雪，文艺小资豆瓣范儿，先锋艺术到红酒品鉴都能说一两句，长得也不错，在自己的朋友圈，也被推崇为女神。有一天约在老佛爷吃饭，见面的时候发现她郁郁寡欢。我问她怎么了，她说一分钟前发生件很小的事儿。

她之所以约在这里，是因为今天老佛爷在做打折活动，拿出了好几件奢侈品单品一折限时促销。她兴致勃勃地赶过来，发现姑娘们已经排上了长队，那时候离正式开始促销的时间还有三个小时。队伍越来越长，站在队伍里的三个小时里，她渐渐感到了不适。"在我身边，不断有来挑选正价商品的人好奇地打量着我们，这种打量没有任何恶意，但令我感到不适。队伍里的女孩可能也感到这种不适，都纷纷用夸张的言行来掩饰，大声说笑、有意无意透露自己是恰好来到，甚至谈起家里的奢侈品。煎熬了三个小时，真正开始秒杀的时候，大家一下变成闻到血腥的鲨鱼冲了上去，险些发生踩踏。"

雪就在这个时候退出了。她心情依然低落，问我——"所以我跟她们一样虚荣又不敢承认？"

虚荣是正常的，但能意识到自己不敢承认，却是一种巨大的进步。

落落，已婚。跟一个大明星在成名前就私交甚好。大明星结婚了，嫁入了豪门，有时候约她到别墅小聚。她每次去那里，都会受到一些刺激。大明星把她推崇的纪梵希随意套在身上当睡衣。她在市区的房子，还没有大明星的主卧厕所大。她一直安慰自己，至少大明星跟先生聚少离多，但她与先生却得以日日相伴，直到有一天她看到大明星先生偶尔在家的样子。"她老公就是临时回来一趟，赶飞机前忘记了东西。走的时候，他已经到了门口，突然又跑到厨房，亲了她一下。她笑着拍拍他，毫无矫揉造作之态。原来这个世界上，真的有人生赢家，什么都有，活着就为了把别人的自信击得粉碎。"

落落这番言论让我想起了韩国电影《密阳》，女主角的儿子被人杀害，她一直相信上帝会给杀人犯内心的痛苦来惩罚他，而得以自慰。直到有一天，她去牢里，发现杀人犯也信上帝，并且告诉她，他问了上帝，上帝已经宽恕他。她崩溃了，她想，上帝怎么能连他都宽恕？那她受的伤害算什么？

落落的潜台词是，如果你都那么有钱，还不遭受点别的缺憾，那我还有什么公平可寻？

物质是美好的。承认这一点，对我们好像特别不易。自古我们就重农抑商，在我们父母那一辈，父亲的逻辑是，对面老王有了钱，那纯粹是投机倒把，我根本不屑与他为伍；母亲对女儿的教育很多是，有钱的男人都不是好东西，十个有十个花心。

他们不会意识到，这才是真正意义上的"羡慕嫉妒恨"。

我们对钱充满渴望，但又会感到羞愧。我们不敢承认物质的美好，只好丑化它，贬低它，仿佛自己拥有了心灵的制高点。

当我们谈论钱的时候，很多时候，我们在谈论我们的尊严。有了钱，我们不用心心念念一套三宅一生的新款却想着这个月的房贷；有了钱，我们可以告诉父母，你们不用那么老了还为了微薄薪水讨好领导；有了钱，我们可以不上班自己带孩子，避免上一代过多介入产生的很多矛盾。

甚至，有了钱，我们得了癌症可以让全球顶级的医生帮助会诊，必死的时候也能最大可能减轻痛苦和恐惧，死得有尊严。有了钱，我们有能力改变世界的贫困儿童、环境恶化、战乱国家，在这种无回报中，我们更加脱离自我，变得神性和纯净。

微博上有句话说，你若认为钱不能买到一切，肯定是你购买的方式不对。人生有很多不可解决之痛，但钱可以很大程度地缓释它。

我们追求钱的时候，其实是在追求人生更多的选择，某种大自由。

关于这些问题，毛姆在《人性的枷锁》里有过深刻的论述——"金钱好比第六感官，少了它，就别想让其余的五种感官充分发挥作用。没有足够的收入，生活的希望就被截去了一半。你得处心积虑、锱铢必较，决不为赚得一个先令而付出高于一个先令的代价……经济拮据会使人变得渺小、卑贱和贪婪，会扭曲他的性格，使他从一个庸俗的角度来看待世界。"

"我喜欢钱。"当我们承认了这一点，我们才开启了与钱、与物质和平共处之道的大门。只有你正视了这一点，下一步你才能做到："我也可以通过努力拥有钱，我值得让钱为我服务，我可以通过努力过上我想要的生活。"如果我们一直在与钱的对立中，我不屑有钱，但我要不劳而获嫁个有钱人；我不承认钱，百万富翁在私人飞机上俯瞰世界的感觉我看地图也是一样的；我厌恶钱，朋友变有钱了肯定是干了见不得人的勾当；我仇恨钱，如果有一天我有钱了，我要挥霍它、践踏它、肆意做它的主人。

如果是这样，你这一生都不会有钱；或者你侥幸得到了物质，内心的不平也让你膨胀又困惑、自大又内虚、狂喜又暴怒，甚至会颓废然后自毁。

承认钱，发自内心欣赏物质之美，也是我们一生要修的功课。

如果你现在已经拥有一定的物质享受，以感恩之心欣赏它，安抚它。细细品尝你吃的每一口顶级牛排，对头等舱每一个向你微笑的空姐示好，仔细打扫你安身之处的百米空间，为你能穿上经过繁复工序的定制美服而骄傲。你热爱自己，但不轻视他人。你善待物质，也善待自己。人们会感受到你内心的柔软和谦逊，而不是带来对立和冲突。

如果你暂时没有拥有足够物质，你要对自己的出身、受教育程度、特长和社会环境做公证评估，找到你最适合的行业去努力。为自己制订计划，为每一个进步而欢呼，谢谢物质带给你的奖赏，谢谢它解决你的欲望之苦，承诺会继续努力。

如果你的梦想与你的实际情况差距太大，承认这是现实，更要承认自己的欲望，不要把更多资源花费在对抗内心的不平衡上。重新评估现实，努力去获取和珍视自己可以拥有的；对于自己这个阶层能欣赏的美驻足凝视，而不是强求自己无力的东西。

回到开篇，雪可以从此发奋，除了美学意识的无用领域，更加在技能专业的领域提升自己，她年轻有资质，一切皆有可能，当凭自己收入站在买正价奢侈品柜台的时候，物质会回馈她信心。

落落要承认自己与明星之间的鸿沟，有两个选择，一是彻底承认自己阶层的差距，寻找出自己拥有的柴米油盐、人间温暖；或者找出共赢机会，从这种稀缺资源中获益。最重要的是，大明星的眼界、视角和心态是精神财富，追随，她就有机会被大明星身上人生赢家的频率带动起来。

而她唯一要做的，就是克服内心的自卑。何乐不为？

败，才是兵家常态

生命，是一场独特私密的旅程，不是一次焦头烂额的竞赛。

竞争是人生的常态，我们来到这个世界，首先是和数亿精子竞争的结果。此后，生存、学习、就业、婚恋处处都是竞争，成和败的概率五五开。人生是个奥运竞技场，不同的是，我们要参与的项目实在太多，且毫无计划、没有彩排、充满干扰。所以，我们不在这方面失败，就在那方面失败，这个局面是正常的。

大家都说，胜败乃兵家常态，这大多是句安慰。从概率来说，败，应该才是人生的常态。智慧如杨绛，在她100岁的时候已经总结过人生："上苍不会让所有幸福集中到某个人身上，得到爱情未必拥有金钱；拥有金钱未必得到快乐；得到快乐未必拥有健康；拥有健康未必一切都会如愿以偿。"

可我们总太在乎别人对自己的态度，甚至会看重"祖先的态度"，这就是"光宗耀祖"。大部分现代人只接受成功，不接纳失败，一旦失败，或有对立面，就会抓狂、不可理喻、偏执，甚至为了报复而反咬对手，触犯法律，这就是"不成功，则成仁"。

失败和成功本身辩证统一，在如此尖锐的对立中，包含着很大的恐惧。我们不接受失败，是否因为我们不懂得接受独处时候的自己，只能接受自己在集体中的位置；我们不问自己是谁，是问在他人眼里，我是谁？

2013 年，伟大的网球运动员李娜在赛季交出了职业生涯最稳定的答卷，澳网亚军、温网八强、美网四强，年终总决赛也一路过关进入到决赛，最终以世界第三结束这个赛季，在发布会上，李娜突然公开承认比赛中的不足和失败，这让她的教练卡洛斯非常惊喜。

卡洛斯——李娜在媒体上公开表示"我最服气的男人"。在大部分的教练强调方法论的时候，卡洛斯告诉李娜"倾听、鼓励和改善细节"，中网时家门口作战的李娜受到格外关注，卡洛斯告诉李娜这是责任；当媒体的过分关注让李娜困惑时，卡洛斯告诉李娜"管理好你的情绪，一枚硬币有正反两面，你也不可能在成为大众焦点的同时，说不愿承担，这是不可能的，要么你通通接受，要么你什么都不是。"

就是这样的一个人，在合作那么多年后，坦言执教李娜最大的困难是"中国人不能接受失败，他们的逻辑，你球打得好是正常的，但如果打得差就得接受惩罚"。而在卡洛斯看来，你这次输了，下次可以重来；就算不能重来，生活里还有其他重要的东西。

卡洛斯专门谈到了一次比赛。2013 年，WTA 年终总决赛塞雷娜·威廉姆斯对决李娜在第二盘 0 ∶ 3 落后下，一路连胜 9 局成功卫冕。在那场比赛里，卡洛斯这样评价了李娜："我们看到与塞雷娜比赛的第一盘，当她完全没发挥出来的时候，李娜简直就是在不断地惩罚自己。在我看来，有的时候她对自己要求太过严厉，没有生活在真实的世界里，她会在犯错之后更加责备自己，而不是乐观地去面对明天。我后来意识到，也许20 年前她所接受的就是这样的教育，完全没有独立的思想——如果没做好，那我就得惩罚我自己。"

下场后的李娜沉默不语，卡洛斯对她说："你打球不是为了得到表扬或是免于惩罚，你打球是因为你热爱网球，这才是我们需要树立的观念。你要说出自己心中的想法，从而学会为自己设想。去到球场上的是你自己，不是我，不是姜山，也不是其他人，所以你必须做到面对你自己。"

没有人比运动员更要面对成败的洗礼、压榨和残酷考验。尽管李娜的 2013 赛季极其稳定，但在温网前两三天，她还是对卡洛斯说想退役。卡洛斯表示理解，并对她说："你现在就可以回家了。"李娜当时瞪大眼睛看着他，意思是"你在说什么"。卡洛斯笑着告诉她，如果不喜欢网球可以走人，但没勇气面对就是逃跑，不管打还是不打都尊重她的决定，这对他无所谓，可是对李娜的生活有巨大的改变。

所谓成败，不仅是最后的一个结果，一次判断，一次掌声。它关乎那么多的事儿——我们是不是真的知道自己是谁？我们是不是让自己一直处在"被自己惩罚的模式"？我们有没有那份勇气去面对改变？

我们是不是敢于面对他人的评判，内心自有一份满足和坚定。

菲然，一个气象局的技术人员，却有个当钢琴家的梦。小的时候，因为家境不好买不起钢琴，她错过了练习指法最好的时机；大学时代，她经常跟艺术系的同学去琴房看她们练习，也多少学过一些。真正越发坚定想做这件事，是女儿三岁的时候，陪练琴的过程勾起了情结。她每周星期六、星期日都去学习，学着学着，甚至遇到了进一个演出团队的机会。菲然的心怦怦跳，回来鼓起勇气一说，父母和丈夫都支持。她发愤图强地学习了两年，考过了10级，却在所有的专业演出团队面试中，败下阵来，老师甚至直言说，她这个年龄和状态，做钢琴家是幻想，不是梦想。

灰心之际，父母说，你没损失啊，你看你产后因为这个爱好，容光焕发，恢复得多好。

丈夫说，我喜欢你弹钢琴的样子，以后我刷碗时都有私人伴奏，多美。

女儿说，妈妈，你怎么弹得那么好，我好崇拜你啊！

菲然笑了。去哪儿演出又有什么重要？就算只能为最爱的人一直演奏，得到欣赏，这份成就也足够。

生命，是一场独特私密的旅程，不是一次焦头烂额的竞赛。如果你真的被爱过，你不会那么害怕失败。

生命，是一场独特私密的旅程，不是
一次焦头烂额的竞赛。

安全感储蓄罐

无人关爱，比孤独而有尊严的长命百岁更无法忍受。

我见过的最没安全感的人，应该是电影《被遗弃的松子的一生》中的松子。

这是一个小女孩渴望得到父爱却屡战屡败最后一败涂地的故事。她从小就被父亲漠视，只有她做鬼脸的时候父亲才会因为她的滑稽而哈哈大笑，所以她不断做出这个滑稽的鬼脸。长大后一紧张，就会立刻露出个鬼脸讨好他人。她因为嫉妒妹妹而被全家呵斥，搬离家庭；因为帮学生背黑锅遭到家人果断地断绝关系。从此，她的人生走上一条跌撞惨烈的寻爱之程。

爱上没有收入的男友，被逼着去当舞女；男友自杀，立刻抓来男友的好友用缠绵填充悲伤。得知男友好友只为了骗她五百万元，她痛心地失手杀了他；还未入狱，就想着跟刚认识的温柔男人终老，出狱之后，却发现当初的温柔男人已经有了家庭。她甚至爱上当年为其背黑锅的学生被卷入黑社会。最终，她丧失生活的勇气，拒绝朋友的帮助，像一个邋遢的老乞丐一样过着行尸走肉般的生活。

这是真正的恐怖片。它记录了生活如何对一个女人厮打、凌辱、嘲讽，夺取她的一切，让她头破血流，一败涂地。这就像她在监狱外，白雪里，被她等着前来陪她终老的人一掌打翻，鲜红的血像盛开的触目惊心的花朵。在冰冷世界，这追爱的热情，她用生命灌溉。

松子的情欲与其说是情欲，倒不如说她太贪恋温情。她是一个典型的"爱饥渴"患者，自小没有得到足够父爱，如饥似渴地吸取身边的每一滴爱意，无论是粗蛮的、懦弱的、欺骗的、背叛的，只要他们给她一点爱，她就制止不了自己向苦难滑动的脚步。因为对极度缺乏安全感的人来说，所有的痛楚，也比不上面对空房间说一句"我回来了"的寂寞。

无人关爱，比孤独而有尊严的长命百岁更无法忍受。

某种程度上说，松子的一生没有脱离过童年。因为没有得到足够的爱，她就像得不到足够水和阳光的植物，萎缩停滞在那个阶段。她无力自我成长，她不懂得如何不再做一个孩子，接受世事无常，在现实的范围内去达成欲望，知道克制和分寸。她被困在无爱的荒岛上，她成了痛苦的小飞侠彼得·潘。

著名人本主义心理学家亚伯拉罕·马斯洛提出的需求金字塔中级别最低的为生理需求，如食物、水、空气、性欲、健康。生理需求都得不到满足的话，人的道德观念就会明显变得脆弱。

安全需求同样属于低级别的需求，如人身安全、生活稳定以及免遭痛苦、威胁或疾病、钱等。缺乏安全感的特征：感到自己受到身边的事物的威胁，觉得这世界是不公或是危险的，认为一切事物都是"恶"的。

心理学家米尔曾提出每个人内心都有一个储爱槽，当他对自己的爱丰盈，才能去给予别人。从这个意义说，安全感就是我们心里那个小储蓄罐，我们心里穷，空空如也，就会变得无比慌张，走到哪里都觉得自己像一个游魂。这个小储蓄罐里的硬币，就是爱。爸爸妈妈没有给够我们，我们就不会有底气——我不需要任何证明，我本身就该被爱。

我们的人生也许不会极端如松子，这些无安全感，也许体现在很小的细节。

睡觉蜷成一团。

反复检查家里的门窗是否锁好。

等待的时候坐立不安。

过分的宅。宅，就是一种封闭，切断与外界的联系，尤其是人际关系，在最熟悉的地方，让宅人感到能掌握一切，才有足够的安全感。特别宅的人，可以理解为轻量级的自闭症。

它还能体现在很大的方面。

屡屡被有问题的男人带进混乱、颠沛或炽热痛苦的局面。

迫切需要控制他人，并把控制人和控制局势的努力装扮成提供帮助。

由于害怕被遗弃，总会为确保某种关系而做出过度的事情。

抵达安全之岛并不容易。不要幻想过去的亏欠在未来可以弥补，过去的已经过去，即使弥补，你也难以回到当下再去接纳，而错位或者表面繁荣，也许会让你更为困惑和难堪。不要假装一切没有发生，坦然，才能把精力聚集于如何给自己创造爱，让自己有力量填充那个安全感储蓄罐。

从身体、情绪、思想到能量，重新认识并管理自己。缺乏安全感的人总有被害妄想症，觉得大家都针对他，不主动攻击就会被伤害。制定一张表格，写下每天对他人愤怒的次数，感觉到被伤害时的心理，分析其原因，然后制定一个目标，在五天之后，要减少多少次，十天之后，又减少到多少次。自我管理会让人产生成就感，有能量削减戾气和狂暴，帮助我们成为更好的人。

用慷慨、善良、积极之心让自己和他人感到安全。很多人都会去做一些积极之举，帮助他人不如说是自助，会让自己感到力量。

寻找精神对外界的依附和投射之物，可能是运动、阅读或一种技能的不断完善。

学会退而求其次。缤纷活力创造性，是自我的事情。在没有安抚好自己的时候，戴上面具，模仿他人，或者简单地从技巧中学习，得到的不是内核的改变，只会让自己陷入自我认知的新混乱。集体潜意识会对人造成很大的约束，承认自己"追求安全感而不是创造性"，会让自己变得更为轻松。

安全感是个储蓄罐，越到后期，越发现成人世界物价高涨，自己的心门也越来越窄，再去赚取并不容易。但是，通过自省和自知，对生活做出不断趋正的改变，是贯串一生的事。结果一半在人一半在天，而过程中得到的，也许足够值得你热泪盈眶。

何处是我家

何处是我家？此时，此地，这就是我的家。

淡淡，貌美优秀，大学毕业就进了一家效益良好的国企。在那儿，她遇到了真命天子，两个人共同开始了一段非洲驻外之旅，在象狮同行的广袤大地无忧无虑地生活了两年后，他们归国、买房、生娃，小日子蒸蒸日上。

可近来见面，屡屡看到她愁眉不展，细问之下大吃一惊，原来她正在纠结着是不是把房子卖了、工作辞了，带着孩子和老公一起回广州生活。

她说，虽然拿到了北京户口，但对这里的生活一直没有归属感。国企是毕业之后一个"顺理成章"的"最好选择"，她并不喜欢体制内的气氛。但举目所及，离开之后跃入市场经济的汹海险浪，她又犹豫不决。从小走路上下学的她痛恨工作初期的挤地铁。没成家那阵，每次下班费尽千辛万苦挤到家，她推开租的房子的门就会轰然倒下，一觉睡到九点，食欲全无。现在有了孩子，她不放心把孩子交给育儿嫂一个人看，也不愿意忍受婆媳相处，她的妈妈请假过来帮忙照顾孩子，对她自是有怨言，关系一直紧张。

因为摇不上号，但孩子出生又使得用车成为刚性需要，她一咬牙一跺脚，去 4S 店租了一个号，买了车，每个月交给素不相识的人一笔"车号租赁费"。她每天都开得小心翼翼，因为若是刮蹭，走保险赔偿这些小事对她来说就变得很麻烦。

淡淡说，在这个城市，一直没有家的感觉。但生活的所有都安定于此，人脉、朋友圈、工作关系，若是真要带着孩子回到家乡，这边的房子怎么处理？要不要在老家重新买房？能否找到相宜的工作？孩子将来还要不要回京参加高考？老公的父母怎么安置？老公能否跟自己父母长期相处融洽？

说到这里，淡淡悠悠叹了口气："当时在非洲的时候自由自在，但心里清楚，那不是家。没想到现在回到北京，还是没搞清楚，家在哪里。"

王腾，发愤图强读 MPA，考到了纽约的一流大学。毕业之后，他在那个城市站稳了脚跟，原本想着体验一下世界就回去，但工作了几年，可以申请绿卡的时候，他犹豫了。乡愁难忘，但自己已经发生翻天覆地变化，回去不知道是天伦之乐，还是无法调和；国外虽好，但说到根，自己的文化跟他们不同，他们说的笑话自己都听不懂，喝醉了终归还得打电话给死党用方言抱怨完才释怀。

何处是我家？当我们提出这个问题，我们陷入了对现实的迷茫，也陷入了不满。我们对当初选择持有怀疑，对未来非常纠结。

前几年，去到巴黎一个朋友家做客，跟她一起带她儿子去当地一家中餐馆吃饭，来自香港的服务生殷勤地问是哪里人，孩子想也不想地说："Hong Kong。"对方第一个反应是不可能，因为在他的眼中，广东话也不会讲，怎么可能是香港人？小朋友从小在法国的国际学校读书，在家里面和父母讲法语，小朋友确实连广东话都听不太懂，但是他在香港出生，拿着特区护照，老家在香港，难道不是香港人？

服务生冥思苦想，小孩子满脸无所谓。

何处是我家？小孩子是不会去想这些问题的。在哪里快乐，哪里就是他的家。

何处是我家？这是都市人越来越难回答的问题。整个世界都在快速流动，就像赌场里的大转盘，进来的出去的，眼花缭乱。

我们已经长大，离开了故土。独立是我们自己做出的选择，我们自要做出相应的承担。得到了自由，又怕空虚；逃离了束缚，又怕辜负，但世界上又没有完美的事。在哪个城市生存都有其难以启齿的阻力，正如每个问题都有两个相反的答案。成长是一场不断克服阻力的流动，每个人都艰难地匍匐向前。孩子教育、父母赡养都是我们选择城市、选择生活方式要考虑的因素，但所有"他人"都有其人生轨迹，而我们，终其最后只能对自己负责，问自己愿成就自己怎样的人生。

有人问，归属感和安全感有什么区别？有个很有意思的说法："安全感"是你觉得它强烈地想和你在一起，"归属感"是你强烈地想和它在一起。如此看来，归属感，更强调主观的能动性，是我们自己选择来的东西。

台湾演员桂纶镁 30 岁生日后，在微博写下了一段话："我尝试飞翔，随心所欲，努力成为自己想要的模样。朋友们，谢谢你们的陪伴，让我心里有了归属，才能真正自由，才能安心地学习勇敢。"

我问她，什么是归属感？

她说，这很复杂，分量很重，是家人、爱人，一路上遇到的伙伴，也是一本书、一首歌，曾经闻过的气味、看过的风景。它不是一个单一的东西，但它是能让你真正绽放的根。

对的，归属感不仅仅是一个城市的名字，也不是一个具体的人。它甚至不应该是一个完全不变的存在，它随着我们的改变而流动。

我的归属感，就是种种经历后，我今天成为的样子；我走到哪里，觉得安定，那里就是我的归属感。

在报纸上看到过一对阿根廷夫妇，42 岁的丈夫赫曼·扎普和 40 岁的妻子坎德拉里娅·扎普环游世界十几年，已驾车经过至少 40 个国家，总行程达 20 万英里，几乎赶上地球到月球的平均距离。扎普夫妇在环游世界的旅程中先后有了 4 个年龄从 3 岁到 10 岁不等的儿女，4 个孩子分别诞生在 4 个不同的国家，拥有不同的国籍。

这对夫妻没有稳定的收入、纳税、保险，依靠陌生人的帮助继续未完的环球旅行。他们流动的家，是赫曼的祖父一辆 1928 年产的"格雷厄姆 – 佩吉"古董车，最高时速只有 40 公里。11 年中，他们在旅途中接受过 12000 人的帮助。他们在一次采访中说道："有一次我们在菲律宾的一个当地家庭寄宿时，那户人家只有一个房间，但那户主人却将他们晚餐盘子中的唯一一块肉供我们食用，并将他们屋中的唯一一张床让给我们睡觉，当我们第二天离开时，他们还抱歉说没能为我们提供更多的东西。"

我在想，如果有人问他们的 4 个孩子，你们属于哪里，最终将停在哪里？也许他们从没想过这个问题。他们不会去定义自己，也不会觉得自己正在颠沛流离。阿米什人、穆斯林、犹太人；富裕的、穷困的家庭；他们在不同种族的家庭中做过客，虽然这些家庭外表不同，祈祷的语言也不同，但孩子们看到的是一个共同的梦想——拥有一个幸福的家和相爱的人。他们甚至不会为自己通过网络学习课程感到自卑，因为他们在大自然中亲眼见过跳跃的袋鼠和咆哮的灰熊，他们还见过航天飞机发射升空，他们学会了不同的语言，他们亲身体验了许多不同的文化。

　　这就是他们独一无二的归属。

　　何处是我家？此时，此地，这就是我的家。

"当 _____ 时，我就会幸福" 的填空题

"当 _____ 时，我就会幸福"这种信念，不是错的，可它只对了一部分。

某个午后，合上一本关于"幸福指导"的书，我问先生："你想从婚姻里获得什么？"他想了一下，说："来，亲一下。"我很不依不饶，我说："你觉得怎样的人生能使你幸福？"他温柔地回答了我。

很久以后，当我再想起那本书，我很想跟作者讨论一个问题：如果我们能那么理性地描述需求，如果我们可以那么客观地解析未来，如果我们能为幸福做出图标——幸福的意义是否还复存在？

在人生的某个时刻——几乎所有重要关头，我们都难以抑制地产生过"当 _____ 时，我就会幸福"的想法：当我遇到白马王子，我就会幸福；当我们换了新工作，得到了理想的薪酬，我就会幸福；当我搬到了理想的城市，有了孩子，我们就会幸福；当我移民了，离开这里，重新开始，我就会幸福。

我的朋友 A，先生是个公务员，生活小康，但与奢侈无缘。她很羡慕 B 的生活，B 嫁入了豪门，每次见面的珠光宝气都拨动着她敏感的神经，聚会之后一周她都不会开心。先生欣喜地拿回单位发的书卡，她嫌弃地说："你以为是卡佛连的会员卡吗，用得着那么高兴？"先生

每个月底跟她一起坐下来规划下个月怎么花钱，她就哀叹："我一直不希望成为庸俗的女人，但每到这个时刻我就觉得自己已经失败了。"就连先生跟她一起憧憬换大房子的时候，她也只是淡淡一笑："等你年薪50万元了再说吧。"

她用各种方式表达了对生活的不满，她的一举一动都在传递着一个概念："只有等到你有足够的经济实力，我才会幸福。"

先生下海了。下海之后的生活，果然是一切向利益看齐，为了一个合同，先生可能需要喝酒到凌晨4点；一个电话，就可以打乱计划很久的旅行。先生出差越来越多，关机的时间也越来越长。怀疑、恐惧、担忧取代了深层交流，争吵、互相指责、哭泣代替了曾经的甜蜜埋怨。有一天她打开抽屉，看到了无数张各种奢侈品商场的卡，可那些卡，拼成了她爱人疲倦而略带冷漠的脸。

她坐在一个昂贵的SPA包间，对我放声大哭："我现在觉得只要他能回到小桌子前跟我说说下个月的钱我们该怎么花，就特幸福！"

所以我在批判奢侈品、高物质和富裕阶层吗？不。只是这个女友有点错。对待财富正确的做法是：清贫的时候，我从庸俗的人间烟火得温暖；富贵时，我当人生是场只属于少数人的体验。人生是天平，你可以在左端获取一切你想要的，前提是在右边你能放上同样的砝码。

"当 ＿＿＿ 时，我就会幸福"这种信念，不是错的，可它只对了一部分。准确而完整的说法是，"当 ＿＿＿ 时，我就会幸福，但我也要因此付出代价，而我做好了准备去承受它。"

当你遇到白马王子，你发现三年之痒很快取代新鲜感，你侬我侬之外还有"房、车、双方父母"大量的现实拉锯，恐惧、控制、失望、脆弱很快覆盖你；换了新工作一年后，你发现你习惯了新名片、涨工资，让你失去新鲜感回到麻木的是不变的明争暗斗、不断更换同事的如履薄冰、加班到深夜陪你的旧咖啡；至于孩子，这个可爱的小东西既是最大的快乐源泉，也是最大的痛苦源泉。当为人父母不像我们设想的那么幸福时，我们会痛苦不堪，灰心气馁，甚至羞愧万分。

幸福，不是快感，当我们谈论幸福的时候，我们谈论的其实是，如何将幸福长期化、最大化，甚至合理化。

"当我有了很多钱时，我就会很幸福。"所以，我们把幸福寄托于财富。我们挤地铁、加班、为奢侈品勒紧裤腰带，我们为幸福忙活，却常常只记得忙，忘记了活。全世界幸福感指数最高的国家是芬兰，它以三个 E 立国：Equality(平等)，Education(教育)，Environment(环境可持续)。在这个国家，"大家都生活在一个既有创意又有照顾的世界"；穷人不低贱，富人不跋扈，总统跟普通人一样排队等飞机。报纸鲜见有关富豪名媛的新闻，大家在追求幸福，而不是追求"我要比谁看上去更幸福"。

幸福与金钱的关系我们懂不懂？其实老祖宗早就懂了，《尚书·洪范》所描述的五福："一曰寿，二曰富，三曰康宁，四曰攸好德，五曰考终命。"一方面是物质层面的富贵、长寿，一方面则是精神层面的心灵安宁、有美德，而二者的和谐集合才是"福"。即便在后来五福被世俗化为"福、禄、寿、财、喜"，"财"的位置也排得很后，它并不是幸福与否的决定性因素。金钱，最多给我们快感和安全感，但它们都不是幸福感。

"当我找到另外一半时，我就会幸福。"我们把幸福寄托于爱情。我们目的明确，我们整容、陌陌、相亲，我们跌跌撞撞一心只顾寻找另一个半圆，却忽略了路上还有很多美好的风景。我们对朋友斤斤计较，但在相亲对象面前一掷千金；我们忙起来一星期都不换衣服，只在烛光晚餐上我们十指水钻，妆容精致得一丝不苟；我们努力追求对方，却从不追求自己。

"如果这个世界善待我时，我就会幸福。"我们把幸福寄托于外界。可我们却不知道，如果我不能过好今天，我也不能过好除了今天外的每一天；如果我不能跟自己相处好，那我跟谁也处不好；如果我一个人不能感到快乐和幸福，我跟谁在一起也不会快乐和幸福。幸福是一种能力。表面看起来我们在跟他人打交道，其实是在跟自己打交道。外在只是内心的投射，世界是一面镜子，让你看清楚自己。如果不能明白这一点，一切你曾经渴望的终将禁锢你，让你一心想逃离，你却不懂，你想逃离的只是自己。

幸福大多时候，是一种稍纵即逝的状态。它戴着面具，不容定义。《幸福的神话》作者索尼娅·柳博米尔斯基明确建议我们："与其苦苦追寻和总结幸福是什么，不如改换注意的角度，尝试对已拥有的心存感激，对自己和他人都更加宽容。"

关于执着的那些小确幸，你有没有铆足劲儿存够钱买最高级的音响？呵呵，其实不如现在就打开软件，好好欣赏一张老唱片；元宵节快到了，你有没有等到那天晚上才带一家老小去吃一顿雕龙绣凤、满汉全席？要不今晚就一起坐下来，与家人挑灯话家常吧；你有没有深深爱过一个人，默默奋斗了两三年攒蜜月机票？你要不要现在就告诉她你有多爱她，你牵着她的手的感觉，就好像在旅游。

也许这就足以让她感动。

幸福，都来源于付出——感激、行善、同情、抱有积极与支持的态度；幸福，都重在关系——无论他是父母、孩子、兄弟姐妹、配偶、邻居、同事、领导还是挚友；幸福，都在乎此刻——过去已逝，未来未至。

"若能表白我心中的依赖，你我当初也不必那么哀，若能敞开，把真相说出来，这一段故事不会太精彩。"幸福是妒忌，幸福是怀疑，幸福是种近乎幻想的真理；幸福是游戏，幸福能叛逆，别把这游戏看得太仔细。

那个中午，先生回答了我的问题，他说："来，亲一下。"

在风和日丽的天气中，与心爱之人温柔地亲吻，多么幸福。

一切只是你想要，而不是他

一切问题的箭头，最后都应该指向自己，不然就会变本加厉。

邱昕陷入了职场困惑。

他刚进入这个单位，为了表现，每天上午七点多钟到单位，端茶倒水，对大家点头微笑。他家住得并不近，每次要六点钟起来，咬紧牙关上地铁，如此坚持了半年。正式入职第一年，他就碰上了一次援藏工作，大家都知道，这种工作是有提拔的，他却让给了同部门的老袁。

年终会上，领导表扬他，他谦虚地说，老袁是老同志了，他以后还有机会。

老袁去援藏的两年，邱昕干得兢兢业业，越发得心应手，就在业务部主任即将顺理成章到手的时候，西藏传来一个电报——他们公司的调度部门在那边一场演出中部署不善，发生了舞台坍塌，大家都拼命往外跑的时候，只有老袁坚持在会场疏散人群，维持秩序，猛烈的人流跨过他，在踩踏中，他昏迷过去，送到医院，脏器出现了破裂。

单位是用欢迎英雄的方式把老袁接回到单位的。领导经过深思熟虑，找邱昕谈了话，说："你说得对，让老袁先上吧，你还年轻啊。"

在酒吧喝得酩酊大醉的时候，邱昕撒泼："就因为我没有背景，当年端茶倒水那么久，领导不知道感恩，雪白的文件放在上面没一个印儿也没说过一句谢谢；当年援藏我是真同情老袁，那么多年了，我多大度⋯⋯时势弄人，这世界哪里有什么好心有好报。"

在他呼呼大睡的时候，旁边人议论，当时他不去援藏，是因为老婆刚生孩子，真走不开。

何止这一点？

端茶倒水，是因为你想表现自己，并非真想让领导看到窗明几净、心情愉悦，对手远走，你也得到更多机会在领导前表现，资源积累渐渐一家独大，你做的一切，只是从自己的需求出发，"为他人着想"只是一个名号。

在政治里，有一种手段，就是"把你的需求，说成是他人的需求"，这样一来，你就会得到一个同盟利益体，获得一分支持，一张选票。

这没有任何问题，只不过，在现实生活中，不知不觉行使这个权利的时候，我们要自知，拉进战壕的，并不是一个同盟利益体。我们所做的一切，说到底只是为了我们自己。我们下意识把自己的需求说成是他人的需求，这样一来，我们可以不用负责，甚至不用面对事实——我需要他人的帮助和成全，甚至是敌人的。

对爱人的需求，就更加多了。但我们更加不愿意承认。

女人管束丈夫，说我为了你做牺牲，关心你，爱你。

男人出去正常社会活动，一定要说成"我都是为了这个家赚钱、奔波"。

孩子被逼婚，父母列举了各种不婚的恐怖，孩子大喊崩溃，说这是你要，而不是我要，父母听了焦虑无比，说"我们都是为了你好啊！"

于是，一切都变得错位。

男人不敢坦然承认，这是在婚姻之外的空间得到放松，让我更好地回到这里；男人想让女人分担一部分的压力，却因为"我不能承认自己不够强"而潜意识压抑下来，把自己搞得非常痛苦。

女人不敢承认，这都是缺乏安全感，从而衍生控制。你不是爱到离不开他，你只是离不开那个拥有他的自己。

家长是最理直气壮的，所有的干涉、压制、以自虐进行的恐吓，都是理所当然。父母很少去想，怀胎九月的期待，为人父母的憧憬幸福和自我成长，这一切本身是回报。

一切合理的需要都变成不合理，正大光明该去做的事儿，却被逼得偷偷摸摸像犯罪。一旦有"我不能有这种正常需求"的压抑，人就会变得叛逆，禁忌之处才魅力无比，从正常到越界变得非常轻易。

男人会觉得逃得一刻是一刻，渐渐正常的家庭生活都与这种逃避出现对立和矛盾，因为有正常的家庭需求，就意味着被禁锢。

女人变本加厉寻找"被爱"的证据，些许不完美就让她胡思乱想，把很多不相关的事儿联系在一起——"肯定是他换的那个新秘书有问题""生了孩子身材走样了,他就这样对我""男人一得手就翻脸是真的",这种痛苦并不来源于对方,只来源于自己内心的叠加,自己无法面对的敏感像吸尘器,把所有负能量吸引过来,跟糊大字报一样,一层一层,最终哐当掉地,全盘崩塌。

父母则陷入"我的命真不好,孩子越独立,我越要操心"的泥潭,又甘之如饴。

好笑的是,年轻男女这种模式一旦有了孩子以后,会立刻得到表面的平和。大家终于不互相逃避和指责了,大家把矛头指向最弱小最无法反抗的一方——"因为生他,我失去了自我""因为养他,我变得如此艰难。"

一切顺利进入下一轮恶性循环。

但事实很可能是,不生孩子,你的自我在岁月中也会越来越少;因为年龄的增加,生活总是变得越来越艰难。

而正面地去承认,拥有他的安定、幸福,带来一次全新成长的机会像重活一次,学习无条件地去爱对方,是我们内在的需要,却很艰难。

我们人生自有困局要面对,怪不得他人。

一切问题的箭头,最后都应该指向自己,不然就会变本加厉。

有一次在麦当劳,听到一对情侣在聊天,女生拿出一堆打折餐券,问男生,你觉得哪一个套餐好?男生仔细挑选后,温柔地对她说:"汉堡套餐吧，里面有橙汁，多喝橙汁对你身体好。"女生说这样啊，好，就去了。一会儿她领回了另外一个套餐，没有橙汁，只有鸡块和冰淇淋。男生很不高兴，嘟囔着，我就想吃汉堡，你非给我买鸡块。

女生也不高兴了，"可是你都不说出来，我怎么知道你想要汉堡？我对橙汁没兴趣啊。"

是的，你想选怎样的人生，起码得从你说出"呀，我想吃汉堡，你喝橙汁可以吗"开始。

平凡，就是一种幸运

追求过度的完美，就要承受过度的焦灼；若要获得敬仰高高在上，必然承受凡人无法承受的代价。

第84届奥斯卡颁奖礼，凯特·布兰切特成为影后。她这一生一直是好莱坞的宠儿，获奖之后的一个采访里，她说："没有人能成为他们期待成为的那个人，所以不妨生活在期待和现实之间的缝隙里吧。"

没有人能成为他们期待成为的那个人，这句话多么有智慧。

血肉之躯，说到底是脆弱的。我们来到这个世界，表面是一个有一切可能的独立个体，其实一出生就受制于太多的限制。

养尊处优的小姐有教养、大方、温和，穷苦暴乱地方出来的孩子算计、小气、粗暴。这并不是他们出生时的样子。没有见过阴暗，自然会心态阳光；受过太多伤害，自然心存提防。同样一条小狗，作揖如果能吃到饼干，自然就会越发喜爱作揖；攻击如果能吃到饼干，就会不自觉练习攻击。

我们卑微的人性，会被环境这个饼干操纵影响。

在好莱坞大片《蝙蝠侠：黑暗骑士》里，希杰斯饰演的小丑引诱几个戴着自己面具的匪徒打劫黑帮的银行，并对他们说，杀死你的同伴，这样你分到的钱更多。于是，这些匪徒果真在抢劫过程中相互屠杀，那些稍有犹豫的人，立即会被同伙干掉。

刚开始，市民享受蝙蝠侠作为超级英雄带来的好处，交口称赞、溢美有加，当小丑以"脱下蝙蝠侠的面罩"为交换条件开始大屠杀，恐惧使得市民高举拳头控诉蝙蝠侠，要他脱下面具，蝙蝠侠瞬间变成了沾满鲜血的罪人。

剧中有一个叫作哈维·邓特的大法官，雄心勃勃要用法律、正义来扫除这个城市所有的阴暗，在小丑肆无忌惮地炸死女法官、毒死警察局长、枪击市长、最后杀掉他的爱人瑞秋后，他的底线被小丑彻底突破，被烧毁半边脸的邓特从此用硬币正反面来决定杀人，成为彻底的冷血机会主义者。

我们都有自己的极限和弱点，在这上，容不得给出选择题。这就是小丑要证明的——"没有迫不得已的时候，谁不想正义凛然？"

而平凡的人生，从另外一个意义说，就是避免我们走到这样极端的境地，做出痛苦的选择，跟人性的残酷面对面。

我们都坚信自己可以抵抗诱惑，因为我们相信自己信念坚定不移。我们都坚信自己的逻辑密不可摧，因为我们看到这个世界按照逻辑运转。可悲哀就在于，你可以抵抗诱惑，只是因为你的环境让你面临的诱惑不够大；你可以控制局面，只是你的环境让你面临的变数还不够多。你今天过得安稳，只是因为你的环境让你安稳。有一天，你突然遭遇地震，失去了社会地位、物质、所有亲人，你会陷入绝望，信念破碎、充满积怨；有一天，你到了至高无上的位置，拥有至高无上的权力，你就自然不那么珍惜那些平凡事物、糟糠之妻、逆耳忠言。

古往今来我们都在强调趋利避害，这其中，除了"不去危险的地方"，还应该包括"不轻易去充满诱惑和变数的地方"。因为人性是无比脆弱的，千万不要去试探它、考验它、证明它，否则我们注定失败，而悔时已晚。

在《蝙蝠侠：黑暗骑士》里，哥潭市因为哈维·邓特法的建立，突然变成一个没有犯罪率、人人歌颂的城市，但这一切都建立在谎言上，所以真相崩塌时人们才如此惊愕、疯狂和愤怒。

古人早就告诉我们，"水至清则无鱼"。所以当我们遇到特别绝对的东西，遭遇无懈可击的好运，找不到一个事件的漏洞和瑕疵时，我们一定要提高警惕。人性充斥着矛盾，我们永远处在纠结、复杂、连锁关系的最中央，平衡只是暂时的，失衡才是常态。如果世界突然像被修图软件修过一样，你说是不是特别值得怀疑？

生活的破碎和无常，正是我们来到这个世界的理由，而缺陷、劣根和许多无法解开的死结，是我们重要的一部分。"就算是 Believe 中间还是有个 lie，就算是 Friend 最后还是免不了 end，就算是 Lover 最后还是会 over，就算是 Forget 也得先 get 才行，就算有 Wife 心里也夹杂着 if。"生活狗血，我们都严重不完美，承认缺陷，授予它公正的地位，和它平共处。自我欺骗和粉饰的结果只能坚信自己是受害者，荣获愤怒困惑彷徨终生轮回奖。

我特别喜爱蝙蝠侠的管家。这个智者绅士流着泪说，在佛罗伦萨度假的日子，每天他都到一个小咖啡馆去喝下午茶，他多次幻想自己看到对面是蝙蝠侠，带着心爱的女人和几个孩子，过着平凡人的生活。他们不用交谈和相认，只要冲对方笑一笑，擦肩而过就好。

他说这些话的时候，我眼泪在黑暗中流下来。

别人说这是幸运，我说这是代价。追求过度的完美，就要承受过度的焦灼；若要获得敬仰高高在上，必然承受凡人无法承受的代价。

我们今天得到的所有平凡，都是美好，并不是我比他人高尚，只是比别人幸运。

上帝要创世纪，于是有了光。我们每个人都渴望成为英雄，于是有了电影。你看，在电影里，英雄总是注定过悲怆的一生，我们都不值得拥有。平凡才是上帝给人类的好礼物，如果你时常小小抑郁然后哭泣，没事就在微博上发泄对上司的不满，有点虚荣、有点自私，在外面夹着尾巴做人，回到家端起热菜热饭好好喝着，还一脸人生空虚的表情——我真的要恭喜你，这辈子应该挺顺利。

幸福，就是平凡人生最外面那层华丽的包装，我们却总以为自己可以买椟还珠。

■ 第三章

等待与希望

现代社会，我们都好像活在赌场中心，到处是叮当声，每一秒钟都有穷小子变成百万富翁；也有无数硬币被老虎机默默吞噬。世界变得太快，街角的小店装修了又拆，我们害怕今天得不到，明天就再也得不到。

　　可是，看更大的世界，在自己身上找更多的可能，独一无二的回忆，才是生命最后的珍宝。所有的经历都有用，所有的风景都是必经之路，时间应该是我们的朋友，而不是敌人。《基督山伯爵》书中的最后一句话是："人类的一切智慧是包含在这四个字里面的：'等待'和'希望'。"

我们究竟该怎么选

这一种疲倦，不是身体的奔波，而是心的颠簸不定、忽上忽下。在诸多变数和困顿中，我们马不停蹄地维持平衡，忍不住问自己，生活怎么变成这样？

高中毕业，我们就进入了更具备社会意义上的选择。选大学，选专业，选宿舍；毕业之后，选择更是接踵而来，目不暇接。选工作、选女友、选承受多少贷款，选回家走哪一条不那么堵的路……每个选择仿佛都通往一种人生道路，单项不逆行。

一个编辑跟我说，他打算第三次换工作了。他进入出版行业是为了稳定中保持一些精神追求，但在碎片阅读、电子书、生活方式多样而压力又太大的情况下，出版业已经成为了不好明说的夕阳产业。纸媒体还能卖奢侈品广告，出书卖思想。经济利益上，如今真不如淘宝上代购婴儿辅食、小店做爆款大牌 A 货甚至街边做煎饼的。民营出版企业竞争激烈，人员流动快，编辑是外地大学毕业北漂来京，结婚十几年还在租房，孩子念书问题，自己再进修问题，父母在老家逐渐老去的问题，靠他微薄的经济收入和社会人际关系一个都解决不了。他跟我挺悲观地说，哥快撑不下去了。

他反复跟我说"京城米贵"，这不由得让我想起前几天刚合作过的一位北京台主持人。他有两套房子、两辆车，媳妇是模特，父母还是高级知识分子。在普通人的概念里，他是稳稳的中产阶级。就算走在国贸这种型男索女的地盘，他们也依然是人群中的一道风景。

我们合作拍摄一则宣传新农村建设的公益宣传片，要住在离市区100多公里的山区。见面的时候，他正在录节目，自己里面穿着西装，外面套着军棉，开机就轻便上阵，关机的时候，大妈好奇地参观他、村长过来合影，他都热情应对。那晚大伙都住在村民家，我看着没电视没网络甚至灯都昏暗的农家院心灰意冷，他却哆嗦着用破旧太阳能热水器里的凉水洗了头，蹲在墙角将就着用唯一的电源吹干头发，为明天做发型做好准备。我惊讶他如此能吃苦，他微微一笑说，最惨的时候宣传一处没修建完的度假村，住在民工板房里，盖的棉被都是发霉的。

他做这一行，父母反对了十几年。大学时，他被逼着去学了英语，眼看要拿学位证书了，跑到北京做北漂。为了这件事，他父母至今还难以原谅他，而现在，连他自己都怀疑，自己是不是选错了。

一过而立之年，做公务员的朋友升职了，做技术的朋友也晋升管理层了，他离出名仍然遥遥无期，用他的玩笑话就是还在重复地"出卖色相"。作为非编制人员，做台里的片子一期稿费500多块，一个月下来还房贷都不够，年纪已经三十五六的他，深切感到了这个行业竞争的激烈和老去的恐慌。他拼命在外面接活儿，车展主持、动画电影配音、婚庆。

他存钱买了两套 PRADA 的西装，一套深色，一套浅色，为接论坛等高端活儿准备着，聚光灯起，他优雅地开口，挥手投足人生赢家；大幕一落，他立刻脱下"战袍"，小心地包起来，换上普通衣服去后台主办方那谦虚地寒暄，表达下次还想合作的心愿。活儿就是命令，去留身不由己。对于生育，他充满矛盾，岳父岳母已经按捺不住就快翻脸。

　　我另外一个朋友，夫妻双方都是政府工作人员，稳重悠然中享受两人世界两三年，顺理成章有了孩子，生活开始进入自由落体般的紧张。公公婆婆年事已高，想来带孩子，但身体不好，来了有可能孩子还没负担好，自己就倒下，成为他们的负担，权衡之下，小夫妻决定请女方母亲来带孩子，照顾公婆的任务只能舍弃。女方父亲几年前猝然去世，妈妈刚鼓起勇气找老伴，现在却只能被圈在家里带孩子，辛苦中积攒了很多抱怨。女孩自知亏欠妈妈，尽可能创造条件让妈妈去找老伴，二人世界被无限压缩不算，事业正处在上升期的两个人，请假频频搞得领导常冷脸相待。小夫妻想过请阿姨看孩子，但没有老人的监督又无法放心。在多方顾及和成全中，小夫妻疲倦不堪开始怀疑，要孩子是不是太草率了？

　　这一种疲倦，不是身体的奔波，而是心的颠簸不定、忽上忽下。在诸多变数和困顿中，我们马不停蹄地维持平衡，忍不住问自己，生活怎么变成这样？是不是哪个地方我做得不对，或者，选得不对？

我们选择了什么？离开家乡，到大城市成全自己更高的物质欲望；按照自己内心深处的热情，为梦想放手一搏；不再只顾自己，而是面对成长，肩负起沉重的责任。这些东西，表面上看是我们的选择，其实，也许只是生命洪流顺其自然的结果，殊途同归。

一次偶然机会，我采访了《步步惊心》的编剧桐华，才知道，在她的表面顺风顺水的写作生涯中，曾面临过本质性的选择和巨大转折。

中学时代，她成绩优异，喜欢读书写作、古文诗词，一心想考中文系。在她要报考的时候，老师提出了反对意见："你听说过很多理科生后来当了作家，你什么时候听说过文科生后来成了科学家的？"于是，高考时，她抱着好就业、工资高的想法，以优异的成绩考入北京大学光华管理学院，毕业后，她做了很久并不喜欢的金融行业。

在她成名后，很多人都惋惜当初若是高考直接考了文科，就不会走那么多弯路，会写出更多的作品。出乎意料，她坚决地否定了这种质疑："四年商管学院的学习，培养了我分析问题的多角度，给了我写作需要的毅力和逻辑；突然去美国定居的茫然心态让我动笔写下《步步惊心》，中学时代经历的酸甜回忆，让我写出《那些回不去的年少时光》……这一切是难以分割、不能回头的。选择的重要性，一直都被世人高估了。选择是一个点，每个人背景、性格、爱好、欲望不同，选择都会不同，没有对错，重要的不是选择，而是选择之前和选择之后的事。"

　　每一种选择，都有两个不同的答案。若是桐华当初真的学习了文科，也许生存的压力反而使得她无心风花雪月，厌倦卖字为生；也许编辑换了工作，发现各行各业的生存环境都自有其残酷，生活的困顿并没有因行业选择而改变；如果不去追梦，主持人也许遗憾一生，对父母更难释怀；如果现在不生孩子，越往后公婆只会年事更高、妈妈也许已经找到老伴分身两难……

　　重要的不是选择，而是选择之前和选择之后的事。

　　或者说，问题不出在选择本身，而是人生本来如此——成人的世界，从没有"容易"二字。

　　我们到底该怎么选？答案是，无论怎样选，你都不能阻止前方突然塌方或者峰回路转；也可能陷入黑暗，你失去同伴……总有一段路，你会孤独前行。放弃原来的目标，并不一定带来更好的结局，也许反而是迷失更深的内耗。其实，无论怎样的选择，我们唯一可以做的只是咬牙前行，默默度过黑暗。不知哪一天，当光明重新降临，我们才会得到答案。

那些无用的经历

辉煌和转折都用来写在履历表上，无用的岁月，才包含着我们区别于他人的意义。

从初中时候，志玮就是一个"注意力不集中"的小孩。数学老师讲勾股定理，他却在语文课上漫天地想，勾股会不会是一个典故；美术课去写生，大家奋笔疾书，他却全程忙碌着小心地把一只天牛藏在口袋里，带回家饲养。志玮的时间都花在一堆不靠谱的事情上：看书、研究做风筝、收集漫画，人很聪明，但成绩始终中不溜儿。

好在他有一对分外理解他的父母。高中的时候，志玮看了一些谈论中国教育的书，突然宣布要休学，态度坚定且情绪激烈。父母见规劝无效，商量了一个晚上，居然同意了，只不过有两个条件：第一，把目前这个学期学完，人不要半途而废；第二，休学后不要去打工，在家想干点什么就干点什么，爸妈养着。

在所有人的错愕中，志玮当真休学了一年，在80年代，这算件大事儿。一年之中，他睡到自然醒，看电影成了最大消遣。一年之后，他突然宣布，要报考香港院校，学电影。他又回到学校，在低一届学弟学妹们奇怪的眼神中，很努力地学。

　　志玮考入了香港一所大学，读的电影专业。对于一个工薪阶层，父母供养他花了很多钱。他为了减轻父母负担，大一就开始打工，入职了当地一家纪录片公司，负责整理视频资料。那些美好的画面把他深深迷住，毕业之后，他告诉父母，想边旅游边打工，去看看世界。

　　26岁开始，他用脚把五湖四海都丈量过，发在他网络空间上的，都是坑坑洼洼的岩石、壮丽的河山和落日的辉煌。他的账号被很多人关注，大家被他精湛的照片吸引，问怎样可以到达，回答得多了，志玮干脆整理一些帖子发表出来。这样的日子过了五六年，他一个高中同学联系了他，说拉到一笔风险投资，打算弄一个高端旅游——"你有这么多探险经历，回国一起做吧！"

　　一拍即合。志玮迅速辞掉工作回到了北京。他专心地为这个公司奋斗了五年，却发现商业和理想之间有专业的鸿沟难以跨越。

　　公司倒闭了，志玮颓废了半年，开始思考自己该将什么作为终身职业的问题。他的经历太杂，做电影手已经生疏，做旅游只有理论，他发现，自己学的专业、爱好的东西仿佛跟时下主流的赚钱方向格格不入，看似辉煌的经历却没办法换一个足料的面包。

　　志玮只能暂时栖身于一家杂志，提供旅行的图片和文字，月薪五六千元。他开始做一些重复自己的事儿，有了钩心斗角、职场压力、经济困顿。一个晚上，陪着爸爸喝酒，喝到深处突然流泪："爸，我错了，不该浪费了那么多时间。早知道最后也只是回到这里当个普通白领，出国花那么多钱去学习，看那么多好风景，吃的那些苦，都白费了。"

爸爸慢慢喝掉杯子里的酒，第一次说起了自己的人生。爸爸说起了他从小立志当科学家，"文革"一来却下乡务农十年。高考恢复，他考上了大学，服从分配却去了计算机。毕业的时候，去美国是潮流，他去美国待了几年，刚刚建立了自己的工作室，就遇到了妈妈。妈妈不愿意留在美国，他不愿意跟他妈妈分居两地，回来进入了体制单位，待到现在，做了搞环境的单位的局长，简直就是造物弄人。

爸爸说，他的一生，很多时候被时代所累，即便这样，也难忘其中许多美好。——"你做的都是让自己最快乐的事儿，如今居然说后悔这种话？"

爸爸说到激动处，又开了一瓶酒，说起志玮小时候的一件事情。小时候，市里搞了个比赛，获胜的孩子可以直接进省文工团当舞蹈演员，当时志玮非要报名。爸爸深知，儿子只是喜欢，但并不适合这个行业，一定会落选。但他不忍心打击儿子，决定让他去尝试。初选的时候，志玮意外通过了，他拿着通知信尖叫着跑进屋的样子，爸爸好像看到了志玮一岁时候单纯的样子，爸爸太久没有见过志玮这样对他敞开一切。初选之后，他们要到另外一个赛区做复赛，从来办事拖沓的志玮第一次为旅行做规划、图标，甚至叮嘱爸爸该带什么，自立又负责。到达省会城市，志玮发现表演嘉宾是自己的偶像，兴奋得拉着老爸一起追，爸爸那天累得到宾馆就趴下了，被感染的激情却让他觉得年轻好几岁。志玮回来的路上跟他说了好多这个偶像的事儿，他仔细听着，原来志玮的心里有那么多灿烂的梦。练习了一个月，志玮还是在复赛第一轮就被刷掉了，爸爸知道这个消息的时候，心无比痛，他完全忘记了自己当初做出的预测，只顾得上抱着志玮一起在赛场门口掉眼泪。这件事从头到尾折腾了3个月，打道回府的时候两个人两手空空。但爸爸知道这一趟旅程给他带来的，是跟志玮互相理解的深刻联结，志玮也潜移默化长大了那么多。

爸爸说起的这个事儿，志玮彻底不记得，他听傻了。

妈妈在一边坐着，忍不住也开始插话。她说小时候经常给志玮讲故事，惊心动魄的时候，志玮大喊，这段跳过、跳过。妈妈说，她那时候会跳过，因为那只在故事里——"可真实人生，哪有什么跳过？"

真实的人生，没有删除、跳过、改写。浪费也好，耽误也好，弯弯曲曲就是人生的常态。最好的和最坏的日子都不短不长，循序渐进。

志玮那天晚上喝得大醉，第二天上班迟到了。

后来的志玮也没有消停，干了一段时间，他跳槽到了国际广播电台。有一次，他经过演播厅，发现那一期的节目是"出国之后的同学有什么不同"，他觉得有趣，在播音间听了一会儿。有很多答案有趣恶搞，"出过国的同学更愤世嫉俗""国外一个老婆，国内一个老婆，重婚查不到""女生都嫁了老外，男生基本回国结婚生子"。一个主持人略带嘲讽地说，有个总结性的答案是"跟我们一样结婚生子，没有任何不同"。另外一个主持人立刻反驳了他。他说："那只是表面有所不同，但待人接物、面对重大选择甚至生活细节肯定不同，因为你在不同的文化里生活过，自然会去比较，分析问题的时候，会站在不同的角度和立场去看待。你会知道世界之大，给自己更多选择和宽容。这就是不同。"

志玮笑了。

当然很不同，人生每一段路都有意义，失败也好，走错路也好，都是为了让你与他人不同，最后都让你变成自己。辉煌和转折都用来写在履历表上，无用的岁月，才包含着我们区别于他人的意义。

好品位

一次完美的亮相，其实比无数次马戏团般的出场更加赢得尊重。

　　我有一个女朋友，人长得不难看，但每次出现在我们面前，都让我们暗自捏把汗。

　　去草莓音乐会的前天，她发誓要走"英伦矜持风或者美帝妞高靴范儿"，第二天她穿着民族风的肚兜踩着细高跟来了，这种果断暴露麒麟臂和小腹赘肉走路还跟林黛玉似的勇气让我们竖起大拇指点赞；在公司的时候，她经常穿休闲如睡衣的纯棉 T 恤加一条无比严肃的 A 字黑裙，为了舒服还偷偷踩一双松糕拖；大家约着去看展览，她一出现在门口我们都想集体退票——"你是把家里的地毯给拆了挂在身上吗"，她比我们还大惊失色："这可是一件超级大牌的孤品啊！"

　　话是这么说，她自己也很为穿衣服头疼。有一天，我们都忍不住了，决定去她家参观一下衣橱。

　　直到打开她家的衣橱，我们才真正理解了"都市里的丛林"。在这个衣橱里，有她大一的时候穿过的校裙，也有她大概 10 年之后才会穿得上的"母亲节精选款"套装；有日本女仆系列的、面料特别"角色扮演"的暗黑短裙，也有仿香奈儿套装仿成了"淑女坊"的蕾丝粉色花边套装。

T恤的品质更是目测从 10 元 3 件到各种"大牌孤品"不等。我们合上衣橱问："你直说是打算跳槽开影楼还是本身是个精神分裂？"

她一本正经地告诉我们，她只是比较喜欢参与淘宝特卖。

接下来，她长吁短叹地说起了自己在购买衣服上的血泪史。

首先，容易受到时尚杂志影响。今天杂志说橙色系眼影是米兰最近风尚，明天杂志说烟熏妆是潮女的心头好，每种说法都对她有触动，看到模特照片后更加深以为然，顿悟自己"不时尚"的深层原因。不知不觉，就有了一橱柜"今夏你必须拥有的眼线笔"。

其次，各种特卖她都不舍得放过。从地铁通过商场的"地下特卖层"到地面的那段路程，对她来说是最漫长的。她一般不按照色系、季节、风格去挑选，只按照"七折区""五折区""三折区"来挑选。拎着一堆她都不知道是什么的小零碎出门，她也挺懊恼，转而就安慰自己——不就吃顿饭的钱。

最后，她对自己的定位堪比百变星君，每次整理衣橱的时候，她对人生都会有一次新感悟。几个月前的感悟是：扔掉以前的衣服就是扔掉曾经的回忆，扔！顿时橱柜几乎空空如也；几天前的感悟是：What you wear, who you are（你穿什么，你就是什么），高大上的人生首先从高大上的衣橱开始，突然就刷卡买件"安特卫普七君子"风格的完全穿不出门的衣服，吃三个月泡面；昨天的感悟是：一个女屌丝讲什么品位，好像穿什么真有人看似的，瞬间各种地摊品牌扫回来一堆。

　　总而言之一句话，绝对的冲动型自杀性购物病晚期患者。

　　那个下午，我们你一言，我一语，都成了苦口婆心的话唠。

　　A 说，其实大部分女生，多多少少都有以上的问题，这就是为什么花了那么多钱和心血在打扮上，在他人看来大部分的时间都是车祸现场。品位这个事情，跟你花多少钱真的无关，What you wear，who you are（你穿什么，你就是什么）倒是对的，因为你穿着的一切都是对你个人最好的诠释，你的妆面、衣服、每个细节都是你自我简介的注脚。但是，若你都不知道自己是谁，你又怎么能写好这个简介？

　　B 说，首先，你要管理好自己的身体。一个浑身赘肉的人穿大牌都会像 A 货，至少不让人觉得她高贵；相反，一个身材紧致的人，一件白色衬衣也让人想起微风拂面的青春。身材的比例和形状是天赋使然，但一个真正对自己提出过要求的人，她一定可以找到各种办法让自己无限接近能达到的最完美状态——健身、美容、少食、作息规律等。B 有个偏执的观点，女人到了 40 岁之后，所有的经历都写在她的身材里，而贵妇的挺拔则来源于内在严格的自我约束。

　　C 说，你要明确自己最适合的风格啊。就化妆来说，粉底柔和干净就成功了一半，你拥有了一个好气色；在穿衣来说，最安全的穿法是身上的颜色不超过三种、套装、三厘米以上的高跟鞋。其实很多人连这些基本的也没做到。再深层次想体现出自己的风格，就要了解自己大概的个性、身材的类型、皮肤的质地，这些如果你不清楚，我给你介绍一个形象设计师。在此基础上，先进行保守打扮，也就是最适合的妆容和最适合的套装，直到这种着装的内在精神与你融为一体，先做到一排衣服中凭直觉就排除不适合自己的类型，再上升到"万千种黑我却独爱那一个"。在品位这件事上，有原则的模仿绝对超越无原则的创新。

D说，妹子，你要克制购物的冲动。往大了说，其实是克制自己内心的无序和不安。女生因为打折、促销、秒杀冲动式购物，或者因为心情低落而放纵自己的钱包，都是追求一时的快感，但这样不经过深思熟虑的衣服一旦住进了衣橱，往往就产生了"食之无味弃之可惜"的郁闷，多一个错的选择，就是少一个对的搭配。最好的做法是，买得精、买得矜持。买一件衣服前，先在脑海里打开旧衣橱过一遍，确定它能找到小伙伴一起和谐地出现在你的身上，而不是因为一顶帽子要再买一件上衣、一条裤子、一条项链和一套新的内衣。其次，明确自己想要什么，为了一件适合自己的衣服，可以花时间付出耐心去等待。毕竟，一次完美的亮相，其实比无数次马戏团般的出场更加赢得尊重。

……

絮絮叨叨说了那么多，女朋友眨眨眼，非常困惑：人需要活得那么累吗？买件衣服不就是为了让自己开心吗？做女人不是开心最重要吗？

　　我叹了口气，开口了：你昨天穿着浅黄色短裤、纯黑长 T 恤、菲拉格慕的高跟鞋里还非塞进短丝袜去见相亲对象的时候，开心吗？

　　她立刻跟见了鬼一样号起来。

　　众生皆苦，人艰不拆。就连穿好衣服这件貌似自由和轻松的事儿，也绝对是不断修正自己的内心、付出等待和忍耐、孜孜不倦学习的结果啊。

最好的报复

遗忘到若无其事，是感情世界里最冷的报复。

单位下岗，正规大学毕业的爱荣一咬牙投身到了暴利且市场价格水涨船高的一个新兴行业——"月嫂"。凭着学医那几年的底子去理解这些幼儿问题，起夜不抱怨肯吃苦，逗孩子又有新意，第一家客户对她非常满意，爽快地给了全款。

结果，月底去领工资的时候，主管只给了她说好的一半。主管眼睛里有轻蔑，"虽然人家最后给你好评了，我们也是担着风险推荐你的。第一家客户就算试用吧，提成我们双倍拿。"爱荣没有说话，默默领过了那些钱。之后的日子，主管不断把她推荐上户，半年后，因为做得出色，口碑甚好，她已经成了月嫂公司的招牌，身价火箭一样上升，忙得一年到头都没几天在公司。

再度遇到主管，主管还是主管，爱荣却已经是公司身价最高的金牌月嫂，兼首席培训师。她对主管微笑，主管尴尬地回应。

若不是当时忍气吞声，怎么获得主管继续给她介绍工作？从这个意义来说，主管不是她的仇人，而是她的贵人。

最好的报复，就是对方已经不战而败，你又何苦还去报复？

　　小美无论如何也没想到，这样狗血的事情会出现在她的人生中。高中就开始早恋，对象是青梅竹马的男孩，大学她考到了波士顿学金融，男孩则考入国内读普通大学的工商管理。男孩常开玩笑说，海归麻雀变凤凰，可不要将来嫌弃了他。说着这些话的时候，男孩在千里之外清点她最爱吃的零食，甚至还把给她做的卤味鸡爪真空封存起来快递过去。她觉得自己是世界上最幸福的人。

　　可最后还是以劈腿结束的，她挂了分手电话，都有点想不起奋斗的意义。她开始真正地忙碌，而不是清教徒的宿舍教室两点一线。她学会了冲浪，浑身古铜色肌肤晒得性感诱人；她参加学校慈善活动小组，在万人变装筹款会上摇旗呐喊；她甚至把打工赚到的钱都拿出来旅行，拍下很多照片。这一切她都发在微博上，慢慢粉丝变多，她有时也跟对方互动一下。一年之后，一个没有头像的粉丝突然上传了头像，私信了很多话，说他的自卑如何让他犯错，弄丢了最爱，现在他要结婚了是多么的后悔。她点开这个微博，发现自己每一条微博他几乎都转发了。

　　她有点惊讶，这么熟悉的方式，她却一点也没想到，这就是他。

　　遗忘到若无其事，是感情世界里最冷的报复。

　　报复这种事儿，说到底就是看不开。在看不开的世界，你用石头努力砸对方，用绳子绊住对方，死命纠缠对方让他输给你。其实，让他输有个最简单的办法，就是放开他，自己跑快一点，轻轻松松。

　　王伟和李可，分别是两家公司的创立人，在金融危机来临的时候，王伟用不光彩手段让李可全盘溃败。李可却没有怨天尤人，更没有绝望自弃，而是耐心潜心地从零开始一番新事业。

　　无独有偶，几年之后又一次金融风暴，王伟也沦落到李可的下场。王伟垂头丧气地去找工作，却在应聘室发现了已经东山再起的总裁李可。王伟扭头就走，李可却一把拦住，好言相劝，把他留下来当了助理。李可对王伟掏心掏肺，创造一切条件让王伟舒适，三四年后，李可更加成功，王伟也习惯了养尊处优。一次出差去开会，王伟问李可："你为什么以德报怨，在我最困难的时候帮助我？"

　　李可哈哈一笑，半开玩笑半认真："我没有帮助你啊，是在报复你啊。你看，这几年，你还会想要创立公司吗，没有啊，因为在我的公司你就过得很好，我少了一个强有力的竞争对手啊。"

　　关怀和爱，用得好，才是见血封喉的报复、杀人不眨眼的利器。

　　《汉书·朱买臣传》："悉召见故人与饮食，诸尝有恩者，皆报复焉。"在古代，报恩报仇都叫作报复，是不分的。

　　林清玄曾写过一个故事，妇人找到她哭哭啼啼，说自己丈夫如何对自己薄情寡义，恨不得他马上就死。林清玄看得出她对丈夫仍有爱意，就告诉她，世上恩爱无比的夫妻一般都难以白头，那些刻薄无情被恨的丈夫都活得久，所以，最好的报复就是拼命去爱对方。妇人一脸错愕又若有所悟，最后欢天喜地地离开，林清玄在文章结尾写道："最好的报复其实是更广大的爱，使仇恨黯然失色的则是无限的宽容。"

　　所以，若你真的下决心狠狠报复这个世界，就找好一个方式，用力爱它吧。

记忆无比任性

最甜蜜的回忆里也有怀疑，最痛楚的过往里也品尝过心动。

Facebook 上有个账号 Humans of New York，创办者是一个美国 80 后摄影师。他失业后每天在纽约街头拉着陌生人拍照，还配上一段对方的话。最最简单不过的语言，却藏着无尽的故事，往往在瞬间击中人心。

一位大腹便便坐在路边石椅上的中年人被问人生中最开心的事儿，他说——

"呃，其实很简单……有次我儿子出去旅行了三个月，一个月在意大利，一个月在印度，一个月在西藏，我记得我在肯尼迪机场接他的时候，看到他有这样的经历，然后又平平安安回来了，那时我特开心。"

一对很老的夫妻，衣着得体，亲密依偎——

"我们结婚的时候他正要当外科医生，在实习培训。有天晚上他结束两天的工作回到家，我给他做了晚饭，他对着餐盘睡着的前一刻还在问我，想看什么电影。我想那就是甜蜜吧。"

一个骑着单车穿着迷彩的人回忆自己的父亲——

"我的父亲只是一个普通的爱尔兰裔工人，他常常喝醉，醉得半死不活，可他清醒的时候是个好父亲，我记得他曾经带我去克里斯托弗街参加一个同性恋婚礼，教育我对他人保持宽容，那是 1971 年。"

一位气色很好，坐在高级轮椅上穿着舒适拖鞋的老头说——

"得癌症六次，战胜癌症六次。"

有位女士戴着紫罗兰色的英伦羽毛帽，腰间系着细细的金色腰带，全身质地良好垂感舒适的克什米尔套裙把她衬托得优雅安详。她的话是——

"我们当时在波兰，战争开始第一天，我们受到了迫害。一天，他们把我们从家里带走，然后把我们关在犹太区，关在集中营。我和所有的人都分开了，然后我哥哥告诉我，父亲冻死了。但是现在我有了儿子女儿、孙子孙女、曾孙曾孙女——他们全部接受了教育，你看，这发生在一个逃出来的人身上。所以，你永远不可能用仇恨杀死一个民族，总会有人留下来，薪火相传。"

……

这个账号得到了500多万人关注，每条转发量都过万，这些发生在纽约街头，匆忙路过的行人的故事让全世界人忍不住笑或被击中泪点，对着手机唏嘘、感慨。在这里，你会发现，人生有那么多种样子，而人在一瞬间对陌生人脱口而出的话如此奇妙，在30多年的婚姻里，你可能对一个下雨的夜晚记忆深刻；波澜壮阔的政治迫害，你却只记得最后儿孙满堂的幸福，举重若轻。

人的记忆是多么任性，我们完全无法选择时光会在哪一刻在我们脑海烙下印记，就像每当我们回忆起某段经历，感受总是与当时大相径庭。

我的同事雯，告诉我她可以回忆起很多三岁以前的记忆片段。因为她刚刚出生，父母就因为工作忙把她送到了单位附近的托儿所，只在中午时分能过来喂奶，白天的八小时她都只能静静躺在 20 多个小床中的一张上，张眼看着天花板。在她结婚生子后，她妈妈无意中说到一个细节，那时候中午去喂奶，她想抱抱雯，却被托儿所负责人严厉阻止——"抱成了习惯，不抱就哭谁有精力管？"雯说，按照现在的育儿观念，她是典型的亲情隔离造成自我封闭，婴幼期是自卑痛苦的。但是，她印象最深刻的事儿却无关于此——"大概是两岁的某一天，我们在托儿所吃午饭，有个小朋友突然大喊云好美，大家都放下碗一窝蜂跑了出去，我也跑了出去。抬起头，我看到了天空中云朵柔软地飘浮，缓缓变化的样子。天空太美了，那时候我就跟自己说，我要记住这一天。"

任然，16 岁的时候失去了父亲。他的父亲患了肺癌，发现的时候已经是晚期，全家人陪伴他经历了切除、放疗，癌细胞扩散后，父亲通宵疼痛得大喊大叫，最后陷入昏迷。那段时间妹妹经历了剧烈的心理冲击，最后爸爸是拉着她的手过世的，过世的时候老人手抖得像风中的树叶。任然参与了整个葬礼的筹备，在守灵的第一天，她和远道而来已经哭得眼睛红肿的兄弟姐妹们低头无言，一片寂静。任然突然提议："我们打牌吧，爸爸生病后好久没跟你们打牌了呢。"那一个晚上他们通宵在打牌，过程中不断有人惊呼、懊恼，甚至笑出来。妹妹说，她一直记得这个夜晚，在棺木边，她专注于发牌和打牌，内心有一种疲倦和安静。

还有一个现在已经是微博红人的作者，年轻的时候穷得几天只喝自来水，为爱疯狂的时候半夜走过三条街在路边倒头就睡；曾经白纸黑字写过的狂妄，至今不忍直视。她原本以为自己会痛恨青春，痛恨那个毫无原则、懦弱又虚张声势的自己，但某一天，我在她的微博读到一段话，大概意思就是——"轻信、冲动、不计后果，是年轻时才能挥霍的特殊货币，一旦你不再年轻，所有的货币变成假钞。"

她如此怀念青春之痛。

法国电影新浪潮之母阿涅斯·瓦尔达说，记忆是很任性的，你不知道自己能记住什么。她还说过："生活是一个谜题，一个拼图游戏，让我们了解每一个碎片，我们必须把它们合成一整块，让它产生意义。故事、小片子、旅行，其他的人，我们花了一辈子的时间来收集信息。"

回忆起考 GRE 痛苦过程，也许某一个晚上的星辰挥之不去；回忆曾经撕心裂肺不能自己的那段恋情，记得最清楚的还是他跳上公车把耳机塞进你耳朵，《爱我别走》震耳欲聋的最初；回忆起有孩子之初起夜喂奶夜不能寐的沉重，可能却为大半夜闭着眼沾宝宝一身屎而哑然失笑。

最甜蜜的回忆里也有怀疑，最痛楚的过往里也品尝过心动。并非记忆充满矛盾，而是人生就由这些起落和错位组成，身处其中往往难以分辨清楚，孑然一身最后能盖棺定论的，只剩下那些任性的回忆。

与其着急抱怨和定义此刻，不如放开自己，去享受这无与伦比、独一无二的一天。它一去不复返，在记忆盒子里放下的小字条，我们老了再看不急。

幸福不争早晚，只有长短

当我们谈论幸福，不应该只是此刻的镜花水月、表面喧哗，而是明白自己将面对的路，眼光多放在远一点的地方。

在我们大学时代，有过一对神仙眷恋。男生比女生大三届，是整个学校都出名的才子，弹得一手好钢琴，说得一口流利的英语，活动能力强，我们毕恭毕敬地叫师哥；女生金金是我们宿舍的小清新，大一入校就遭遇围追堵截，却终难敌过师哥的热烈追求，两个人在群众"在一起"的高呼中，羞答答地牵起了手。

师哥当时在系里给老师当助教，会给刚入学的新生讲课培训。金金最喜欢把鸭舌帽压得低低的，偷偷混迹在学生中走入教室，在师哥讲得酣畅淋漓的时候举手发言，然后欣赏师哥一下脸红、话都说不太清楚的样子。师哥自从"从了"金金，就成为我们小宿舍御用打水、请客、占座、写作业人员，跟我们混得比他自己的舍友都熟悉。我记忆中有一个大冬天的夜晚，师哥突然打我手机，我睡眼惺忪地接起来，师哥压低声音说"抱歉抱歉，金金关机了，才打你的手机。明天沙尘暴，我怕她犯过敏，刚去买了预防药，能麻烦你下来帮我拿一下吗？"

那四年，寝室里的人都没事儿就聊聊他们未来的婚礼，没想到大四过后，两个人的感情开始出现分歧。说来事儿小，金金一直喜欢在学校东门对面的咖啡厅坐坐，师哥却从没有请她喝过超过30元一杯的饮料，只是把饭卡充得满满的，交给金金说吃饱吃好是正道。从这一直没有喝成的饮料说开，金金说，四年来他们的浪漫总是看电影加吃小炒，她想要去国外旅行、去演唱会、去米其林餐厅，她想要的所有丰富、有趣、享乐和审美，这四年都没有得到。临近毕业季，这一切的问题变得越发尖锐和突出，甚至到了冬天买一条围巾，金金坚持买奢侈品牌，师哥认为御寒就好无须虚荣，两个人在食堂大吵一架，众目睽睽下摔门而去。

金金说，闲时算算青春所剩，美好仿佛遥不可及。

两个人的爱情结局如大多数校园情侣，分手告终。一段时间我们都小心地不联系其中任何一方。毕业如风吹过蒲公英，终于大家渐行渐远。我对他们最后的记忆是：金金在父母牵线下迅速嫁给一个比自己大八岁的公司老总，开始有房有车的生活；师哥伤心地选择既不留北京，也不回去他们共同的家乡湖南，远走杭州。

三年过去，有一天一个熟悉的头像出现在朋友转发里，我一看，这不是师哥吗。我没敢加关注，只是浏览了他的所有微博。

他结婚了，对方是杭州私立英语高中的同事，他们共同到澳大利亚交流，因表现优异被当地学院留任，现在共同奋斗，争取绿卡。让我惊讶的是师哥的生活方式。他和老婆总是与三五好友共同租赁小游轮，跟同事出海钓鱼、潜泳；周末的时候，他们会自驾到新西兰等近处小国家，找个农家院就开始自己做饭、晒太阳、开草坪派对；他们拿着澳大利亚的签证，几乎每隔两个月都在环球旅行：北欧、法国、日本……

这不就是金金想要的生活的升级版吗？只是三年，师哥改变了那么多，想想也是，他本来就是艺术院校学生，浪漫和自由是骨子里的东西，他不是不解风情，他只是身在学生时代，那份尴尬的捉襟见肘。

青春的遗憾就是，他来不及，她等不及。

那天晚上，我忍不住问了金金现在的情况，才知道她已经离婚了。她说，婚后的生活物质是有了，但并不代表就是浪漫和品质，无休无止地应酬、大家庭琐事、深夜等待……婚前彼此了解不够，观念和年龄的差异体现在生活方式和细节的冲突……她说，她变成了两个人，却丢掉了自己。挂电话前，她说，现在一个人在国外重新开始，虽然跟师哥失去联系，不过，孤独的时候，还是拿回忆在温暖自己。

我没说话，因为她在的城市，离师哥的城市只有100公里。

刹那匆忙，把他们分隔在咫尺天涯的两个世界。

很久之后，我读到了台湾作家吴念真写的《出租车的故事》。

一个出租车司机，主动跟吴念真说起自己的一生。在他年轻的时候，有过一个青梅竹马的女友，两个人共同考到了台大商学院，毕业之后他们一起开了个公司，一起打拼，梦想是40岁退休环游世界。

　　依靠女友的智慧和人脉与他的专业能力，公司蒸蒸日上，但他觉得有什么不对劲。一次跟大客户的女儿出差，对方暗恋他已久，不小心发生了关系。躺在床上，他想到了问题所在：太慢了，这样白手起家，什么时候才能见到辉煌？而跟大客户的女儿在一起，却可以大大节约成功时间。

　　他回去后就跟女朋友摊牌，事已至此，女友没说什么。反而是一直为他们做饭的女友的妈妈不能接受，有一天带着好多饭盒，装满他最爱吃的菜跑到他的公司，哭着打了他，一边打一边说"坏孩子，我再也不给你做饭了"。他说，那是他人生中最痛苦的一天。

　　婚后他获得了自己想要的一切，但没想到，愧疚感会如潮水般淹没他。那些年他过得不快乐，最终离婚收场。名声坏掉了，再做生意不容易，几经沉浮还是失败，他又不愿意为他人打工，就开起了出租车，落得一个自在。一开，就是十年，人迅速苍老。

　　有一天，他在机场接活，突然看到昔日女友拉着行李走来，台湾的出租车车牌上有名字，他飞快地下车把自己的车牌摘了下来，戴上了鸭舌帽。前女友偏偏上了他的车，一上车就开始打电话，她先跟朋友说这次是来看望即将去世的妈妈，不知道以后还来不来台湾；然后打给丈夫报平安，叮嘱儿子睡觉、女儿学琴。车到目的地，前女友走了，出租车司机在原处发呆，突然有人来敲车窗玻璃，他摇下窗户，前女友说："我已经把我的一生都告诉你了，你不打算跟我打个招呼吗？"

看到这个故事的时候，泪眼婆娑。

铁凝在自己 19 岁的时候，冰心问她感情问题，她说："没有找到。"冰心说："你不要找，你要等。"纵观现代社会，其实晚婚的人，往往在婚姻上走得更加平稳。《30 岁前别结婚》专门阐述了这个道理：婚姻，就是跟另外一个人走剩下的人生道路，在哪个点相会并没有那么重要，重要的是此后将开启两个人的磨合和修正，其实比一个人的自我修正更难。而在此之前，你孤独的那段路走得比较久，你会越了解自己、越懂得婚姻的意义。越带有纯粹平和的等待和宽容之心，越拥有做判断和承受幸福的能力。

慌乱中把自己贴错邮票，投寄到错的位置，大抵都是因为三个字——等不起。

当我们谈论幸福，不应该只是此刻的镜花水月、表面喧哗，而是明白自己将面对的路，眼光多放在远一点的地方。幸福这件事儿，在漫长一生中是永恒的课题，它的分量，配得上我们忍耐、妥协、牺牲。

这件事儿，从来都不争早晚，却重在长短。

阴影之处，因为有光

有些缺陷，众人看作是诅咒，只有你自己知道，这其实是上帝的礼物。

刘恺是个很沉默的人，人群之中，他总像缩在角落的一个灰暗雕塑。众人欢声笑语，话题的焦点若是转到了他那里，他半天都憋不出一个轻松的回应，场面就冷了下来。

所以，我很少在工作之外的聚会场合见到他。

但他的故事，大家总在背后议论一些，七七八八拼凑，我也得出了一个完整的版本。

他出生在七月的尾巴，狮子座。小的时候就像一团小太阳，最爱干的事儿是跟同学一起放学骑车回家，周末去爬山、摘酸枣。他喜欢去同学家玩，但同学的父母总撺掇自己孩子学刘恺妈妈的农村方言，刚开始他还笑，渐渐他明白，阿姨叔叔们是在嘲笑他。

他是因父母到城市打工后进的正规中学，加上校服他也只有三套衣服，与当时的男同桌每天更换时尚的名牌形成鲜明对比。男同桌热情地邀请他去家里玩，但他尴尬地拒绝了。他默默地疯狂学习，考上了城里最好的高中。

到了高中，刘恺意识到自己错了。他的优秀，那些城里孩子也有，他的成绩在那所高中不是最好的，但他依然是最穷的。女同桌总是若有若无地讽刺他，他找到班主任想要换个座位，班主任当场叫来了女同桌，让他自己去说。那一刻，他蒙了。

座位没有换成，刘恺喜欢背后告状的声名却远播，同学们背后议论他、蔑视他，他想，肯定是自己做错了，就勤快地帮大家打水、拿卷子，甚至做作业，得来的欺负变本加厉。一天，女同桌和另一个女孩故意在男厕所门口挡着他的道不让他出来，上课铃响了第三遍，他突然把女孩拉进卫生间，用凉水冲她的头。

他被记了大过。同学从此对他敬而远之。父母赶来向女孩道歉，却不敢责怪他，甚至偷偷多给了他生活费，语音沙哑地让他别亏待自己。在屈辱和愧疚中他心如刀割，开始了久久的沉默。高中毕业，他选择了建筑专业，画线、测量和工地，这些远离人群交流的词汇，让他心安。

他是个非常优秀的学生，大学一毕业就去了国企，我们在工作场合成了点头之交，再后来，他被派遣到国外的基地完成项目勘察。

再见他，已经是两三年后，居然是他的新书发布会。面对记者，刘恺依然紧张，甚至有些语不成句。记者会结束，我走过去，问他还认不认识我。

刘恺笑了笑，说记得。我说，我还是个记者。

他说，那你来帮我写新书报道好吗？

刘恺说，当初国外派遣是他自主选择的，他发现自己已经越发地害怕交流，到了听到开会手就会哆嗦的程度。出国考察项目一出台，他几乎奋不顾身地就申报了。

他去了非洲，去援建当地的一所动物园。那里，每天陪伴他的是大象成群结队走来走去，羚羊的奔跑，以及狮子在夕阳下凝视远方。他的工作伙伴是个当地老建筑师，老得可以当他的爸爸。刚开始他们只用英语做简单的工作交流，半年之后，他们熟悉了，老人问他："恺，为什么你这么沉默？"

他想了一下，告诉了老人他的故事——他老实巴交一生隐忍的父母，他被排斥蔑视的童年，他为改变自己的挣扎，以及用冷水冲女生头的压抑青春。最后，他说："我的心里，有一块很大的阴影。"

老人说："恺，阴影不坏，阴影之处，恰恰因为有光。阴影是光的一部分。"

他心里一动。

他很快结束了这份工作。他的项目使得他年终分红很多，给够了父母，又没有女友，剩下的，他做了一次很长的旅行，去看看课本里曾提到的建筑。

他去了希腊，亚底米神庙里，那巍峨矗立的柱体产生的有序、明暗交错的阴影，让行走其间的人们衍生出庄严神圣的心境。

他去了埃及，卡纳克神庙里的大柱厅，在柱体和地面上缓缓游移的光影把神秘感推到了顶峰；在四角锥形金字塔边，巨大阴影沉默不语，与自然抗衡。

他去了苏州。在不同时间、季节的日照下，书屋前竹林的阴影斑驳不齐，摇曳生姿，随着时间的消逝辗转进入屋内，含蓄地反映着风雅的文人情怀。

他去了北京。在庭院深邃的游廊和厅堂间，阳光穿过花枝树影形成的阴影，与建筑的白色墙面共同组成一幅幅有韵律的黑白图片，为建筑带来了一份含蓄和宁静。

这些阴影让他简直着了迷，他坐在这些建筑前，用画笔一点点把这一切勾勒出来。绘画的时刻，一团小小的火焰在胸中蓬勃地燃烧，童年那种无拘无束的感觉回来了。

刘恺把这些画儿传到了社交网络，一家出版商找到了他。他拒绝把这些画出版示人，编辑给他写了长长的信——"跟你接触后，我觉得你是个沉默的人，但看到你画的建筑，我读懂了你想说的一切……你应该给自己一个机会，跟世界换个方式交流。"

换个方式交流？对啊，绘画，是因为压抑太久；沉默，才得到这份敏感和细腻，发现他人没有发现之物。

那个晚上，他想着编辑的话，辗转难眠。天快亮了，他干脆跳下床，拉开窗子。

太阳出来了，世间万物由纯粹黑暗逐渐化作长长短短的阴影，建筑物、植物、云在大地上形成理性的动力图形，随着光影角度的不断变化，移动成大小、方向和长短的起伏，光和影在这份构图中互补、均衡，整个大地在处于完美的和谐时刻。

他想起了南非老头的话——"恺，阴影之处，恰恰因为有光。"

说完这个故事，刘恺又陷入了沉默。彼时的他，已经辞去了国企工作，成为自由画家。

这是更适合他的生活。

贝多芬的耳聋让他更加专注于指尖的音乐、奥斯特洛夫斯基的眼盲让他向内探寻了心灵、曼德拉的长年被囚禁使得他在为世人争取自由的时候更加有力、境界高远。

有些缺陷，众人看作是诅咒，只有你自己知道，这其实是上帝的礼物。

尼采说，人与树一样，他越想向光明的高处生长，他的根便越要深深地伸入土里，伸入黑暗的深处去。孔子认为，那些隐藏在事物后面的不为人知的力量，才是事物发展的原因。

光明与阴暗，本不能分离，有光明就有阴暗，这两种力和谐地统一在我们的自我中，只在于我们如何看待和运用。这其中有太深刻的辩证法原理，而我们只需要记住，不要放弃黑暗的深度和丰富，淬炼它，珍视它，然后，你会发现宝藏。

　　光明与阴暗，本不能分离，有光明就有
阴暗，这两种力和谐地统一在我们的自我中，
只在于我们如何看待和运用。

■ 第四章

控制不了世界，但可以控制自己

一个人内心怎样看待自己，在外界就能感受到怎样的眼光。不断修正心的形状，外界的阳光才能穿透重重屏障，让我们明媚。积极选择镜头，不断重新对焦，制造新的镜头，让它带给你平静、快乐和成功，你是自己的命运剪辑师，你可以将快乐一分钟的感觉珍惜封存，在时间长河里不断发酵，酿成感动自己的美酒；你也可以将痛苦十年带来的污渍仔细清理，经历就会变成水晶高脚杯，闪烁着独一无二的冷峻和高贵。你控制不了世界，但可以控制自己。

人为什么要努力

欲望不能隐藏，只能解决。认了，就输了。

小学的时候，小江有一天问父母："为什么我们家的房子那么小？"父母说："聚人气，房子大人太少，冷清。"

初中的时候，有一段时间，家里餐桌老是见不到肉。正在长身体的小江营养不良，爬楼梯都要气喘吁吁，小江抱怨，父母安慰得煞有介事："隔壁江叔叔都当了局长还吃素，吃素好。"

小江长大了，明白了，这一切的原因，只是穷。

上大学，在大家都穿阿迪达斯的宿舍，她默默地把回力球鞋刷得干干净净。她跟自己说，我是一种豆瓣文艺小清新。大家都踊跃参加社团活动，她躲得远远的，在学校东门一家小咖啡厅看书，她想，我是独善其身。

毕业之后，她到了成都，当了一个房屋中介。这是一个大家坐在太阳下，夜以继日聊天打麻将的城市，租的小房，楼下有很好吃的苍蝇馆子。小江跟同事们打打闹闹过着每一天，窘迫的生活一眼看不到头。小江却想，最便宜的眼影，眼睛画出来还不是蓝色？

某一天，她接到一个电话，她妈妈患乳腺癌，切除手术加后期化疗，大概需要二十万元。

　　她被打击得一下有点气结。上帝跟她开玩笑？她已经在欲望方面一再后退，甚至不敢有一个完整的梦，她卑躬屈膝，在人生中几乎一动不动怕风吹草动惊醒了房间里的厄运先生。但厄运还是拍了她的肩膀。

　　她回到了家，印象中什么都看得开的父母一下变成无助的小孩。

　　妈妈哭着说："这辈子都忍着过日子，骗自己怎么挨都是一天，现在要死了，想起都没去过国外，真不值。"

　　爸爸眼神空洞："你这辈子命不好都怪我们，现在还要拖累你欠债……生在我们这种家庭，你认了吧。"

　　她咬咬牙，说："乳腺癌治愈率很高的。"

　　她借了公司五年的工资。那五年，她逼着自己每天打上百个电话，带十家租户去看房子，每种房地产新政出来她都认真研究到半夜。她不再有时间看着回力安慰自己"我是小清新"，劣质的高跟鞋一咬牙就蹬了上去，这是职业需要；她没时间跟同事家长里短，她估算每个人手上的房源，想怎么把最好的争取到自己这边。

　　五年，她还清了欠款，妈妈的乳腺癌没有反复。拿到五年后第一期工资的时候，她发现，自己不再是当初那个每个月算着食补的小职工了，因为表现出色，她开始拿的是不菲的提成。她打电话给父母，说要带他们去新加坡玩儿一趟。

给父母在鱼尾狮前不停拍合影的时候，她想起父亲说的"你认了吧"。她想跟父亲说，不能认。因为欲望不能隐藏，只能解决。认了，就输了。

一个是你习惯的生活，一个是你想要的生活，你要勇敢问自己，你要哪一个。

小江结婚了，嫁给了一个家境优越、早早被安排到稳定国企的温柔男子。她感慨老公的命好，老公却欣赏她一路走来的执着。

婚后生活平淡温馨，唯一问题是，老公每天晚上都为一个小网站写小说连载，写到很晚，有时候甚至没有时间陪伴她。她之前不做干涉，但生了孩子以后，老公兼顾看孩子和写小说，变得辛苦。碍于这是老公的爱好，她不好说什么，但暗自希望这小网站赶紧倒闭，老公就踏实了。

小网站真的倒闭了，在她暗自欢呼雀跃的时候，老公也如释重负："这下也好了，我也找到理由，去申请为一个更大的平台写作了。"

她几乎有点咆哮起来，为什么，你熬夜写一个月的网络小说，都比不上在单位轻轻松松上班一周的收入，你为什么要折磨自己？

老公说："这让我高兴啊。"

老公絮絮叨叨地说着一辈子似乎都很顺利，从小学到大学，毕业到结婚生子，但人生就觉得少了什么。这是他找到的一个表达自己的方式，他知道自己既不深刻也不独特，但他十分想看看，在自己热爱的路上，能走多远。他甚至从床底下搬出一箱子的小作业本，那是他从初中开始记的日记，写的长长短短的感悟。

小江无言以对，原来，努力，有时候跟目的没有关系，只是对自己的一个成全。

有一天，小江读到了一本小说，《牧羊少年奇遇记》。牧羊少年圣地亚哥接连两次做了同一个梦，梦见埃及金字塔附近藏有一批宝藏。少年卖掉羊群，历尽千辛万苦一路向南，跨海来到非洲，穿越"死亡之海"撒哈拉大沙漠，其间少年奇遇不断，经历了种种。最后，在一位炼金术士的指引下，他终于到达金字塔前，却发现财富就在那座他牧羊时过夜的教堂。

合上书的时候她想，走遍世界，发现最需要的东西一开始就在身边，这个过程还有没有意义？

本来很宽很平的路，就因为过于关注目标，而为自己横生了很多荆棘，究竟值不值得？

可是，这个少年明白了那么多，收羊毛老板的女儿并不是自己的真爱，被偷钱包后居然会怀念小偷，水晶店老板为了梦想保持纯粹而不去实现它，通过用心感受预兆原来可以改变自己的未来……他见到了解梦人、撒冷之王、骗子、炼金术士、商队……如果少年当时听了爸爸的话，当了家乡的一个神父，他怎会知道世界如此之大呢？

所有的景点，都有摄影师拍得美轮美奂，但你到了目的地，还是要举起相机，留住你看见的瞬间。

所有的爱情，都有其人性的规律，因为不了解而炙热，因为了解而慈悲，但你还是要奋不顾身投入其中，任由自己翻滚。

所有的道理，都已经被洞悉和阐述，日光之下并无鲜事，但你还是要去经历那一番跌宕起伏。

因为，若不是你，这一切又与你有什么关系？

所有的问题都有答案，但你要自己开口去回答。

这就是努力的意义。

嘘，别说自己没有选择

我们的选择，就是我们内心的价值排序。

那天我在一家餐厅吃饭，听到隔壁一对年轻夫妻的小声争执。

大概就是昨晚先生喝多了，到家的时候有点人事不省，之前答应妻子的事儿自然也是忘到九霄云外。听起来这不是第一次，当然每次丈夫都保证没有下一次。丈夫很认真地陈述了理由，关键词无非就是年度业绩、升迁压力、职业前景、经济压力等不太新鲜的理由。最后，丈夫说了一句话："你要理解我，我也不想出去喝酒，但是我没得选择。"

一直静静听着的妻子开口了："怎么会没有选择呢？"

男人说："人生很多事情都没有选择啊！比如咱们能选择父母吗？"

妻子摇了摇头，认真地说："我们是不能选择父母，但我们可以选择用什么态度对待自己的出身。"

当时简直想回头跟这个女生击掌一下，说得漂亮啊，妻子真机智。

我不知道有没有人发起过"男人最让人讨厌的台词"这种投票，如果有，我一定全票投给这个"我没有选择"。妈妈和媳妇吵起来找他评理，职业升迁和生育之间出现矛盾，甚至最后小三的娇弱和原配的眼泪之间，他们的统一答案就是这个。

当然女人说这句话的时候也不少。归根结底就是一句"他有问题我怎么办，我是被命运选择的那一方"。

人这一辈子，就是选择串成的。大到大学选土木工程还是金融商科，伴侣是选我爱得多的还是爱我多的，小到明天是睡个懒觉还是早起背单词，晚饭是吃一大桶垃圾高热量食品或者素菜静心。我们每时每刻都在选择，每种选择都没有回头路，如多米诺骨牌一样连锁作用于我们的生活，所以我们走到了今天这一步。

当你说自己没有选择的时候，其实你潜意识已经帮你做出了对你有利，或者是你情感天平倾向的那个选择。

所谓选择，其实从另一个意义来说就是放弃，因为你选择 A，就意味着放弃了 B。例如那个业绩男，当他说"我也不想喝酒我也想回家"的时候，这只是他自我安慰和解脱的借口，其实他内心在外出应酬的认可和家庭的认同两者之间，已经牺牲了后者，选择了前者。

我们的选择，就是我们内心的价值排序。

世界上没有推不掉的局。我听说过一个潘石屹的小段子，当时他还没有 SOHO，没有自己的公司，但已经跟张欣结为夫妻，共同奋斗。有一次晚上股东大会，他一进门就跟大老板说，我今天能不能请假？大老板说这个会议关系到你下半年的方向啊。潘石屹说，对啊，下半年的事儿还有下半年可以想，但张欣的生日一年就只有这一次。

并不想站在道德高度讨论家庭关系，但能够清楚地列出自己拥有的选择，并面对它、权衡它是一种品质。说到底，做选择是一种能力，因为所有的选择后面都跟着承担，把没有选择当作借口，本身就是对责任的逃避。

说这些话的人里，有的人只是在逃避责任，有的人则是在逃避自己。

靖宇，极度渴望爱情。经过介绍认识了一个男生，条件尚可就按部就班进入了结婚程序。在此过程中，她发现未婚夫内心深深爱着别人，接纳她的感情仅仅是来自于准公婆的压力。分手吧，两个人已经同居已久，她观念传统。在大家的声声祝福中，她安慰了自己："跟谁都是过日子。"她的妈妈知道这件事表示了反对，她反而号啕大哭地崩溃："结婚的帖子都发下去了，事已至此我还有什么选择。"

这让我想起了另外一种现象，有为数不少步入中年之后的女性，述说婚姻里的问题的时候，总是把对方的问题说得非常严重，落实到自己该承担的部分的时候，就是一句"我知道我也有点问题，但他也不至于这样对我"含糊带过。我打赌里面很多人根本没认真去面对过自己的问题，她们不想面对，甚至觉得面对了让对方占了便宜——"嫁了男人靠男人，好不好重要在对方，我能有什么选择啊。"

人生的悲剧，是性格的悲剧。而性格的悲剧，又以懦弱为最悲摧。人生对谁都会给出很多艰难选择，至少应敢于面对，做出选择，而后用自己的方式抗争或者释怀。不管结果如何，那都胜过毫不反抗的接受。敢于选择和承担，让人在逆境中也可安然。逃避和无视只能换来暂时的安宁，却埋下了未来深深的悔恨，终究你心有不甘，无法面对自己。

你若做出选择，不面对自己，不去解决问题，那么最后你得到更大问题的人生，怪不得任何人。不仅是因为问题会在之后的岁月中持续发酵，还因为逃跑是很糟的感觉，没有人可以成佛，压抑的情绪会变本加厉地回来找你麻烦。在漫长的生活中，这些负面的东西像癌默默地蔓延，最终一刻把你摧毁得狼狈万分。

所以，别说没有选择，这个句子，是对生活举手投降的白旗。这面白旗唯一的作用，是让你未来怨天尤人、痛斥命运时显得理所当然，水到渠成。

对自己的生活放任自流，不做反抗，不做改变，表面看起来更轻松，但这样的代价也很大，在幸福来到面前的时候，你会不知不觉侧身，放它从面前走开。

因为幸福，本身就是一次一次坚强选择的最后总和。

自黑才是正经事

比黑你的人更黑，黑到对手无力还手，黑到"黑客"吐槽无力，这才是自黑的最高境界。

这个年代，心灵鸡汤就算有机也喝腻，正能量话题也是快过翻书。唯有自黑，才让人眼前一亮。

有个朋友，特贫。成天到晚炫耀自己："我家无所不有。"他伸出两个指头说："所缺少的，只有 UFO 和宠物尼斯怪兽。"他还未说完，他妈走出来特轻蔑地说："有本事先找到个女朋友。"哥们又伸出了指头，说："缺少 UFO 和宠物尼斯怪兽和一枚女朋友。"

还有一个作家朋友，个子有点矮。有一天在微信圈有朋友提到了他具体的高度，大家都一片尴尬。不一会儿，他回复了——"我先行一步著作等身，你们就那么看不开？"

自黑是不等别人开枪，自己先应声倒地。它最大的优势就在于绝不躺着中枪，哪怕先行滑倒，姿势我来定，拒绝被动性。这一大招，一般可以反败为胜，化腐朽为神奇。

幽默是人类的最大智慧，自黑是幽默中的战斗机。自黑是缺乏自信者不会使用的技术，因为它要你拿自身的失误、不足甚至生理缺陷来"开涮"，不逃避，反而解构；不掩饰，反而夸张。巧妙地引申发挥、自圆其说，没有调侃和松弛的心态难以做到；疑心极重、患得患失的人要修炼至此，必须跨越好几十个洗剪吹。

据说，在某私人俱乐部举行的一次招待会上，宾客欢颜之间，服务员倒酒却不慎洒到一位宾客那光亮的秃头上。服务员吓得手足无措，全场人目瞪口呆。这位哥们儿一声叹息，对大伙儿说："这招我偷偷试过了，没有疗效。"

在抗战胜利后，张大千从上海返回四川老家。行前好友设宴为他饯行，并特邀梅兰芳等人作陪。宴会伊始，大家请张大千坐首座，张大千说："梅先生是君子，应坐首座，我是小人，应陪末座。"梅兰芳和众人都不解其意。张大千说："梅先生唱戏是动口，我作画是动手，'君子动口，小人动手'啊！"

能多想自己的缺点的人，是因为潜意识坚信自己优点比缺点多，内心没有那么多耻辱感。自黑是一种笃定的人性光芒，正因如此，在粗鲁和蛮横的侵犯面前，它四两拨千斤地保住了自己的尊严，却在精神上战胜了对方。这其中，引人发笑的成分有，让人起敬的成分更多。

生活中，我们往往遇到这样的境地，被频频冤枉或者无端否定，若要既不憋屈自己，又不想破口大骂，这时候，不妨踩着自黑的五彩云来救自己。既轻描淡写又置身事外，才成就更高层次上的胜利，玩得好，甚至透露着一种娱乐至上、娱乐至死的精神。

说到自黑不能不提到杨幂。杨幂自出道以来一直被整容、唱歌难听、面瘫等词语包围，简直被黑得伸手见不着五指，在唱了《爱的供养》后，几乎已经到了人人喊打的程度。有网友站出来发声："你们不要黑杨幂了，我这条命都是她救回来的，我因为一场惨烈的车祸昏迷了 3 个月之久。有一天，我的护士打开收音机，里面放着《爱的供养》，于是我挣扎着爬起来把收音机给关了。"

按说这黑得确实有水平，没想到杨幂后来在微博上诚恳地表示："每一天，都希望自己过得有意义，比如没事做的时候，就想唱唱歌、救救人什么的。"

某年圣诞节，论坛上有人爆料说杨幂脚臭，说不清的段子一下欢乐地涌现了："圣诞老人悄悄爬进杨幂的房间，拿出礼物，打开袜子，就没有然后了……"大家纷纷为圣诞老人燃起了蜡烛；也有人提议可以放杨幂的歌曲《爱的供养》，说不定他能活过来。

隔天杨幂看到这则调侃，发扬自黑精神，问候道："圣诞老人，你还好吗？"有不知死活的好友任泉跑来调侃："缺氧！"

杨幂干脆回道："爱的供氧。"

多少人是在此刻路人转粉的？不管之前那些轻视、污蔑、打击是因为厌恶、嫉妒还是从众，自黑顷刻收服了它。

杨幂在一次采访里说过这样的话："我经常'被黑'是没有办法的事，因为我跟许多年轻朋友一样，身上有不少缺点，大家吐槽我也是没有问题的。我希望通过这些教训，可以努力地跟大家一起成长。"

这原本只是乏味的自我批评啊。撒上一点匪气，投入一点喜感，再来一点点黑色幽默，却成了后面高端大气上档次的自黑。光显摆实力，那是土豪才干的事；一味讲心灵鸡汤，那是大叔的无趣；音乐旅行艺术来回晒，文艺青年的装叉。什么风格都可能导致观众的吐槽，唯有自黑带着圣女光芒，不管对方什么身份，都让你跟对方站在一条战壕里。自黑，让你最快时间成了对方的闺蜜、好基友、脑残粉，不要把面子看得太重，谁笑到最后，谁才笑得最好。

自黑不是自卑。自黑不是尖刻地嘲笑自己，觉得自己犯了愚蠢的错误，活该受到惩罚，那会让我们感到屈辱。因为这种态度背后的潜在意识就是相信我们应该比实际的更好，却没有被公正对待，这是一切超脱的障碍。但如果我们内心充满了爱来嘲笑自己，就能达到某种和蔼可亲；但如果我们自认愚蠢，就只会顾影自怜。

自黑才是高级自恋。"魅力人格体"在各行各业都很重要，比如自媒体的大红人、新派菜的大厨师、一纸欢谈的段子手、陌陌软件的二当家，等等，幽默加结构那一口，就像川菜谁不爱，毒辣品位让一切组织土崩瓦解、跪地痛哭流涕，个人光芒像上帝一样，直接照耀在各种粉丝的身上。

当命运还在用软件剪辑你的趔趄视频，你的录音棚里已经 24 小时播放你在泥地翻滚的单曲，如天神般驾临，宣布你才是自己的官方黑。将自黑演绎成自己的舞台。比黑你的人更黑，黑到对手无力还手，黑到"黑客"吐槽无力，这才是自黑的最高境界。

赶紧收起你的不好意思，自黑才是正经事儿！

运动的意义

运动让我们进入另外一个世界——净化的仪式，以及由此而来的智慧。

我采访过一个女孩，不是明星，也不是传统意义上很成功的女性。当时我们在做的专题是"安全感"，编辑却给我约了一个击剑的人，为了保护隐私，我称她为小台。

因为接受不了严重的钩心斗角和形式主义，小台果断放弃了人人艳羡的国企编制，投身到朋友的传媒公司担任管理部主管。"但任何工作都有它的痛苦，每天对着数字，那种小心翼翼不能出一点差错的压力，也让我如履薄冰，生活枯燥。"

对于生活的确定感她一直没有找到，直到她开始击剑。

生完孩子，为了减肥，一次偶然的机会，听从朋友建议，她走进了一家高端会馆学习日本击剑——"夏天，穿着厚厚的道服、外面加上几公斤的护具、头上再扎上头巾戴上面具，这种状态不动都会疯狂地出汗，更何况要听着前辈的口令按规定的数量做指定的动作了！"

但击剑真正吸引她的还不是减肥，道馆不是简单意义上的健身俱乐部，剑道是一个礼仪至上的运动，看上去有些许粗暴但是本身规矩严谨，甚至可以说是"军事化"管理。训练前,端坐在一尘不染的日式房间冥想、向剑神所在的方向参拜；训练结束后要向指定的私人前辈、老师半跪请教。这种强大的仪式感，使得小台戴上护具，拿着竹剑就变身另一个自己，意念集中、肆无忌惮地向着目标进攻、嘶嚷，享受作为一个武士的进攻和防守。在出剑和收剑之间，她优雅地宣战和结束，而除了技术本身，老师讲解的击剑文化，更让她深深理解了忠诚、信义、廉耻、尚武和名誉。

我问她，这样的运动是否让她放松？

小台回答我，她承担了更大的责任和压力，但正是这种从视觉到信仰的自我冲击，让工作和生活里的不安变得渺小，让她变得强大。"现在女儿已经两周岁了，我希望在明年的这个时候女儿和我一起进道馆练习剑道，那时我会作为她的前辈指导她，培养她坚忍的品质、自我且不自大的性格，让她在集体中懂得长幼尊卑，因为这些都是剑道给予我的，我同样想让她经历这些精彩！"

当时我采访完她，我理解了编辑给我约这个人物的意义。她对运动的描述里，穿插着的这些词汇：品质、忠诚、压力和责任。

这是运动的真正意义。

我知道的有两个人，对跑步这项普通运动做了很精彩的阐述——写下《当我们谈论跑步的时候我们在谈论什么》的村上春树，写下《雨中的3分58秒》的约翰·帕克。

在成为作家之前，村上在东京市中心经营一家爵士酒吧。那项工作意味着，他通常在乌烟瘴气的环境里工作到很晚。后来，他作为一个写作者，通常需要一天伏案工作若干小时，他发现，如果缺乏锻炼，他很快会增加体重、身材走样。1980 年的某一天，他突然决定"要坚决过一种健康的生活"。从此他每天早上 5 点起床，天天如此，先处理一些工作的事情，然后就去跑步。他一周起码跑 6 次，平均每天 10 公里，坚持至今。

跑步时候，村上因写作而灼热的神经得到暂时的、真正意义上的休息。对一个小说作者来说，最重要的资质莫过于想象力、理解力和专注力。但要这些能力一直处于一定高度的水平，绝不能忽略的一点就是保持体力。村上说，跑步让他获得了以上全部。"跑步是我的信念。如果我没有坚持跑步，那么我想，我的作品可能就会与现在的截然不同。"

村上非常喜欢跑马拉松。2004 年他接受《跑步者世界》采访，他说全世界的马拉松比赛，他最喜欢的是波士顿马拉松，因为比赛阶段的赛道有很多下坡，所以他总是觉得很棘手，不知道自己到底应该跑多快。尽管彼时他已经跑过六次波士顿马拉松，他却从来都没觉得有任何一次可以有把握地肯定"这次跑对了"。

然而，"不管这个比赛多么有挑战性，最后通过设在 Copley 广场的终点线，然后去 Legal 海鲜饭店，吃着清蒸小蛤蜊，喝着 Samuel Adams 啤酒，我觉得这是我人生最美的时刻。"

这简直是我听过最美的对人生的隐喻。

村上说，跑步让他对自己的身体满怀尊敬。

我常常想象他在寒冷冬天跑步的场景，阵阵寒风会让他冻得哆嗦，跑前准备的时间很长。不需要其他人一起，他就是埋着头前进，汗默默流下，他渐渐成为远去的小黑点。

另一本书的作者约翰·帕克曾经缔造佛罗里达大学多项赛跑纪录，获得美国越野障碍长跑比赛冠军，并参与1972年的奥运培训。30多年前，他以自己的故事写了《雨中的3分58秒》一书，却找不到愿意发行的出版社。无奈之下，他只好自印自卖，经读者口耳相传后，一下子卖出近10万本，一度成为美国图书馆失窃率最高的小说。在这本书里，他将跑步的体会写得深入骨髓——

　　"关键不在于开始时能跑多快，而在于疲倦时能跑多快。

　　"距离终点最遥远的不是第一圈，而是第三圈。第三圈是个缩影，但非关生命，而是逆境。一次次必须渡过的难关、没有玩具的落寞圣诞节、午夜枯坐公交车站的愁苦……到了第三圈，除了咬紧牙关，别无选择。

　　"一个赛跑选手就像个守财奴，对于自己的精力总是斤斤计较，他得时时刻刻知道自己花费了多少精力，接下来还要付出多少。他只想在自己正好不需要用钱的那一刻破产。"

这才是真正的用生命在奔跑。

跑步是孤独的运动，跑步的人像正在执行任务的忍者。这是一种封闭性运动，也有很多人发现封闭性的运动活动令人厌烦，他们喜欢开放性运动的不可预测性，享受对他人的胜利，同时也锤炼自己对失败的忍受能力。不管怎样，每一种运动，都有其深刻性。

武术之道，是以身体的运动锤炼精神的境界。

射箭之艺，去掉造作之力，寻找本能之后的力量。

网球，一场比赛，大概要做出 800 次到 1200 次的抉择。

即便是极其日常的运动，也会对我们身体短期之内造成极大的影响。

练瑜伽让你观自在。用鼻子慢慢吸气，数 5 秒钟，保持 2 秒钟。再用鼻子慢慢呼气，数 5 秒钟，彻底排出肺部空气。一项研究发现，每周 3 次每次 1 小时的瑜伽可以提高体内神经传递物质的水平，缓解焦虑，使人平静。

打篮球让你添能量。美国佐治亚州大学研究发现，打够 30 分钟篮球，运动者会感觉浑身肌肉都清醒过来，蓄势待发，整个人充满重新开始的力量。

不管怎样的运动，都是人类与自我的一次抗争，在过程中，我们逐渐对自己了解，把内在的意向通过身体具象。著名网球运动员李娜说过，

"一种运动就像一座孤岛，一个人却是一整支部队。"所以，当你很压抑的时候,若想大哭一场,不如大跑一通、开始打坐、猛力挥拍、腾空跃起……因为，运动让我们进入另外一个世界——净化的仪式，以及由此而来的智慧。

亲爱的，你不是受害者啊

众生皆苦，你要相信自己并没有比别人更苦。

　　小优，温文尔雅，柔弱纤细，追求者非常多，却一直没有拥有一份长期稳定的爱情。在恋爱的初期，她是温顺的、听话的，甚至会体贴到让人惊讶的地步——比如，早起帮男友做好早点，一直等着他起来吃，凉了自觉加热，如此反复好几次，就是不去叫醒他。诸如此类。刚开始，男友们无一例外地觉得生活在天堂，但是没多久，情况就会发生改变。

　　男友带着她去跟哥们儿聚会，时间稍长，她就会调着法儿暗示赶紧回家，若是男友稍加安抚，她会情绪大转折，沉默低落到让所有人都兴趣索然为止；她喜欢改造男友的住处，乐此不疲，但男友若是有异议，她会申辩，装修费让我来出吧；她非常擅长了解男友身边女性朋友的信息和细节，这简直是她的天赋，然后，在他们的任何交流中都会有意无意提出"建议"。

　　最后，男朋友都感到无所适从。她做的事情，从理论上来说，都不是不可理喻，但是，男友们要么是把大量时间花在了"沟通"中，要么是忍耐到一定程度然后爆发。最后，疲倦打败了愧疚，男朋友们纷纷出逃。最夸张的一个，还搬了家、换了电话，仿佛人间蒸发。

　　小优很伤心："我付出那么多,结果都是这样。男人没有一个是好人。"

说完这个话，流完几次泪。但听说只要再度聚会，她又表情温顺，衣着整洁地坐在 KTV，对于追求她的男生来者不拒。

小优的感情一直在这样的一种循环中，大家都觉得这个女的肯定有某种缺陷和问题。可怜之人必有可恨之处啊！

有一次，我们去了她的家。

小优的妈妈在给她做早点，做了很多。小优大发雷霆："我最讨厌吃黑芝麻，每次吃了都要拉肚子，为什么你总要做？"妈妈说："黑芝麻对头发好啊，你看你的头发，肯定肾也不好，我担心你啊。"

小优又争辩了一会儿，奇怪的现象发生了，小优的妈妈当着我们那么多人的面开始哭，一变哭一边数落："我从小带大你，现在大了，你去外面租房，什么都不听我的，连早点都挑剔……我命太苦了……"我们面面相觑，空气变得压抑又紧张。小优沉默了一会儿，把黑芝麻粥喝掉了，一语不发地出门了。

路上，她找了一个卫生间去上厕所。

我瞬间明白了，小优的妈妈是个典型的"受害者"。她肯定经常跟小优控诉，你爸爸多么坏，而我这样带大你多么不容易；小优长大了，但在妈妈眼里，依然是孩子，她按照孩子的需要照顾小优，边做边抱怨。她做出小优并不需要的付出，然后带着一身伤控诉给她看。

小优应该是苦闷的，但所有人都会说，你有什么苦闷的，你看你妈妈为你付出了多少。她潜意识想逃离自己的家，但又对自己是否值得被爱充满了不信任。于是，她不自觉地就开始重复妈妈的方式，提前起来给爱人做不必要的早饭；装修对方的房间来改变他，让他与自己同化；任何外部的小变化都让她敏感，所以她想去控制男友的所有关系……

这是一个只见过一两次的朋友。我甚至没有她的电话，更谈不上谈心。但就是发生在她家里的那一幕，让我觉得她整个人都在向宇宙发出一种悲伤的信息——"我怀疑自己能否得到幸福——我肯定得不到。"

很久之后，我读过一本书，让我对这种感情有了更深的理解。日本悬疑小说家恩田陆的作品——《不安的童话》。书中的女主角是一个女画家，她有着非常悲惨的童年，这导致了她无比向往婚姻却又不懂得如何去爱。她下嫁的平凡男子，视她若珍宝，他们有了可爱的儿子。她常常在海边的别墅里尽情作画，享受假期。但她依然没有安全感，她通过偷情一而再再而三地来寻找自己的价值。平静的爱情不能带给她愉悦，她拼命靠近的爱情，又让她充满嫉妒、狂躁、自我消耗。痛才能让她感受爱，而后陷入绝望，周而复始。书里有句话让我很震撼，大概意思是——"其实，她是人生的获胜者，但她却一点也没意识到，只困在自己的幻象中无法自拔。"

她只为恨的人作画，她用画来表达自我，这是她唯一敢于袒露的倾诉。因为这种受害者的思维，她惊起惊涛骇浪，把生命中的人卷入伤害而不自知。她画下的童话，都有让人恐惧的臆想，比如，后母冷冷看着白雪公主躺在血泊，快乐王子被挖去了宝石眼睛世界灰暗，她的才华本该是幸运的，在她身上，却成为巨大的代价。

小优的例子和女画家的故事都非常极端，但受害者的行为模式，除了在爱情方面的巨大不自信，还会以很多我们意想不到的形式表现出来，它们隐藏得如此好，以至于我们从未觉察和反省。

在单位的茶水间，同事们窃窃私语，你一去，他们正好散开了，你第一反应——"他们肯定在说我的坏话。"然后你一周都郁郁寡欢。

一大帮朋友在咖啡厅聚会，大家从时事到八卦谈笑风生，你不断附和，却不敢说自己真正感兴趣的话题——"还是算了，我开口肯定会冷群。"然后你慢慢成为朋友圈里被忽视的人。

合作团队中，你不敢让他人等待，不敢让他人帮助，不敢让他人为自己服务，但一点点的被忽略，会使你立刻产生严重的"不被尊重、太不公平、没背景就是不行"的受害感。

或者，你有没有经历过这种情况？一个好好先生或者好好小姐，平时看起来人兽无害、超级和蔼，有一天当你开了个玩笑，他突然变成绿巨人咆哮失控。你吓一大跳，他激动地说他其实忍你很久了。你觉得更迷惑了："我怎么了？"他一口气说出时代久远的好多陈芝麻烂谷子的事儿，这下你也火了："那你当时怎么不说啊！现在自己憋出内伤你当我云南白药啊！"

　　心理学家武志红总结过一句话，"孤僻，是怕自己不受欢迎。冷漠，是惧怕感情涌出，而又受伤。"

　　中国人千百年的儒教教育，本来就带着某种对人性的压抑。我们把太多本能的感受，那些自然的七情六欲当作束缚。在道德和法律之外，我们还给自己画出了好多围墙，把自己的真实感受牢牢绑住。我们沉默太久，身体僵硬，别说穿着红色裙子踩着冰刀在众人面前大胆跳一曲人人击掌的探戈，就算跟爱的人来个慢摇小夜曲，我们也本能地想拒绝，害怕自己不能胜任。

　　有一本畅销书叫作《秘密》，它大概的意思就是说，你本来就是个巨大的磁场，若你坚信你自己会幸福，幸福的元素都会慢慢被你吸引而来；若你总认为你自己身上都是沮丧、厄运、被害、失去，苦难也会一一应征在你身上。

　　也许你的童年不够快乐，也许你曾经被人深深伤害。众生皆苦，你要相信自己并没有比别人更苦；过去已逝，未来未至，你要做的，是把过去清零，以当下为全新起点，按照自己想要的生活模式去调整自己，而不是按照头脑中的经验去思考自己的生活。

　　因为，亲爱的，你不是受害者啊。

地球人，世界是一个荒岛

世界只是我们心中，自己用不同情绪勾勒填充的荒岛。

有段时间，我和一个同事非常不合，我每天都在跟朋友抱怨，在想她对我有多不公平。后来另外一个事儿分散了我的注意力，我忙忙碌碌，没精力执着于痛恨她、抵触她、分析她、报复她。过了一段时间，猛一抬头，我发现了什么？

她在对我温和地微笑。

我细细思考了这个问题，我发现，当我不再注意力集中于她的时候，她就被隐去了；当我忙碌于其他事情的时刻，对我来说，她其实并不存在这个世界。

于是我会困惑，她真的讨厌过我吗？真的企图伤害过我吗？或者，这只是我的分析和臆想，她只是我对职场现状不满的一个投射？

美国科研人员进行过一项有趣的心理学实验，名曰"伤痕实验"。

每位志愿者都被安排在没有镜子的小房间里，由好莱坞的专业化妆师在其左脸做出一道血肉模糊、触目惊心的伤痕。志愿者被允许用一面小镜子照照化妆的效果后，镜子就被拿走了。然后，化妆师表示需要在伤痕表面再涂一层粉末，以防止它被不小心擦掉。对此毫不知情的志愿者，被派往各医院的候诊室，他们的任务就是观察人们对其面部伤痕的反应。规定的时间到了，返回的志愿者竟无一例外地叙述了相同的感受——人们对他们比以往粗鲁无理、不友好，而且总是盯着他们的脸看。有的人在叙说的时候甚至变得愤怒、焦虑和失控。

可实际上呢？

在化妆师表示需要涂一层粉末的时候，他用特殊纸巾偷偷抹掉了化妆的痕迹。

他们的脸上与往常并无二致，什么也没有不同。他们的大脑塑造了一个面部有扭曲伤痕的自己，来证明这个世界的恶意。

这真是一个发人深省的实验。

一个人内心怎样看待自己，在外界就能感受到怎样的眼光。一个从容的人，感到世界对他温和；一个自卑的人，感受街角的乞丐都对他歧视；一个和善的人，总会遇到愿意帮助他的好人；一个叛逆的人，感受到的多是挑剔。

我们的头脑真的很会欺骗我们，它会看到它想要看到的东西，收到它想要收到的信息，无关乎外在的条件和事实是什么。台湾作家张德芬写过一本书《遇见未知的自己》，在书里面，她明明白白地阐述了这个道理：外面没有别人，只有你自己。

我认识一个朋友，做了很多亏心事，步步惊心走到了现在的位置。

他坐拥长安街最好的公寓，但每天晚上睡觉前都要吃安眠药；他每天开着外表捷达但内芯是路虎的豪车上班，路过每个警车都下意识加速；每天衣冠楚楚地走在单位的长廊，总在怀疑迎面过来微笑的同事是不是真谋算害他。他的物质世界无可争议，但往内看，恐惧、痛苦、怀疑、绝望、荒诞感每时每刻都在吞噬着他。

我觉得他活在地狱。

我最好的朋友最近生孩子了，她们家不到 50 平方米，一下子住下了五个人——来帮忙的父母、丈夫、她和孩子。她说现在攒的钱也不敢随便买奢侈品了，想多留点给宝贝。说这话的时候，我站在她家中心，周围一片狼藉，但透过她的眼睛，我看到感恩、快乐、归宿和爱，都热气腾腾围绕着她。

我知道，她活在天堂。

世界只是我们心中，自己用不同情绪勾勒填充的荒岛。

我采访过别人眼里非常成功的女性，洛杉矶前任副市长陈愉。她说，31 岁的时候，每当她走进房间时，有 5 万名市政府公务员站着行注目礼，但当她任期届满，那种从权力顶峰落下的感觉，比坐过山车还要让心脏失落——"半夜惊醒，我凝视自己黑暗中的公寓，这里曾经塞下 70 多个人，但现在一片寂静。"那时候她已经 35 岁，茕茕孑立。

在外人看来，她的人生高潮已过。但事实是，她终于能不带着"他看上我是不是因为我的职位"的疑惑轻松生活。如今，她是妻子，两个小孩儿的母亲，是一个平凡的高管，是一个智慧的作者。卸任之后，一种温柔色调的美好如水墨画缓缓漫延铺陈开来。

她的人生是一部"塞翁失马史"。人到中年，她终于学会什么是值得珍视的人和事儿，要把人生最好的部分花费在哪里。

我也撰写过别人眼里十分苦难的女性。廖智，在汶川地震里，作为舞蹈老师的她失去了双腿，失去了自己十个月大的女儿和婆婆，丈夫在地震结束后选择与她离婚。戴上义肢那段时间，她每天躺在床上看《西游记》打发时光。每当看到孙悟空戴着紧箍咒喊疼的时候，她就跟着哭。在崩溃一线中，她决定重新开始跳舞。把自己的房间反锁上，放着最激烈的音乐，扶着门把手，对着穿衣镜，不分白天黑夜地练习在假肢上平衡、抬腿、原地踏步。疼得忍不住的时候，她就跟着音乐大声唱歌。十几天之后，有一次偶然听到水壶烧开了，她不自觉地走出房间把火关掉。

她接受了自己的人生，不再把更多的资源消耗在改变事实上，而是改变自己的心态。她后来甚至做了更多的事情，帮助跟她有一样遭遇的人。她把灾难，当作包装得惨不忍睹的礼物。

纵观一生，我们都有一些无法逃离的悲剧情怀，有不能忘却的痛苦回忆。压抑多年的情感，就像是黑暗的能量。我们要找到它、面对它、承认它，才可能解决它、疏通它、转换它。

生活中，我们难免悲伤、低落、自卑、孤独，但假如我们一直想要从这个泥沼中挣扎地逃出来，我们纠结于此，执着于此，聚焦在那种情绪或事件上，只能赋予它更多的能量，让它强大。

你的漫长人生，就像一部电影。发生过的故事也许不能完全改变，但哪一段进行特写，哪一段一笔带过，选择掌握在你自己手中。你是自己的命运剪辑师，你可以将快乐一分钟的感觉珍惜封存，在时间长河里不断发酵，酿成感动自己的美酒；你也可以将痛苦十年带来的污渍仔细清理，经历就会变成水晶高脚杯，闪烁着独一无二的冷峻和高贵。

如果你是一个近视眼患者，又刚做完激光视力矫正手术。每天清晨醒来，你会忍不住翻过身，看着表，为奇迹般拥有了清晰视力心情大好。

如果你真的可以明白，外面没有任何人，世界只在自己的心中，岁月迅速开始倒流，时间成为几何空间，群星汇聚，助你矫正看生活的"视力"。你会积极选择镜头，不断重新对焦，制造新的镜头，让它带给你平静、快乐和成功。

到那时候，你心中的荒岛，枝繁叶茂，阳光明媚，你每天看到的世界，都会更加清澈美丽。

先装笑，然后会真的笑起来

笑，是一种自由意志对既定事实的胜利。

我记得张嘉佳写过一条微博，大概是这样："如果你遇到特别伤心的事儿，闭上眼睛，把来龙去脉想一遍，在故事的结局你想象你死了……然后你一睁眼，呀，我还活着！一个梦！然后你会高兴得哈哈大笑。"

据说现在每天早上，在印度孟买的大小公园里，可以看见许多男女老少站成一圈，一遍又一遍地哈哈大笑，这是在进行"欢笑晨练"。印度的马丹·卡塔里亚医生开设了 150 家"欢笑诊所"，人们可以在诊所里学到各种各样的笑："哈哈"开怀大笑；"吃吃"抿嘴偷笑；抱着胳膊会心微笑……

你说，这不是自欺欺人吗？

有个哥们儿，一直都属于那种沉默不语的类型。干 IT，活儿一流，但表达能力等于没有。干了好几年，领导都只记得他的英文名字。

某一天，跟着销售约在一个酒店会议室向重要客户汇报新产品架构，到了酒店，发现销售因为严重感冒说不出话来，而美国人却已经在路上。这是一单很重要的生意，大领导亲自给他打了电话："你来替，关键要镇定啊！"

镇定有什么用啊，美国人飞 16 个小时过来不是参观冰箱脸，他一边郁闷地想着，一边挂了电话。不能失败。他默默转过身，看着PPT练习起来。他想象自己就是销售，年收入200万的那种，他的笑都有信息，眼神充满魅力，妙语连珠、高潮迭起……老美来了，他装成心情愉快而又和蔼可亲的样子。播出这个产品可能产生的业绩时，他甚至由衷地笑出了声。

他的原话是，就像当了一次演员。

奇迹出现了，事儿谈成了，老板说："你装低调装得也太像了吧！"他心想，是装高调装得太像啊。不管怎样，他掌握了一个社交秘密，先要求自己微笑，然后会真的笑起来。

既然大脑经常欺骗我们，看到它想要看到的东西，受到它想要受到的影响；来而不往来非礼也，所以适当的时候，我们也要欺骗一下大脑。

我们总觉得要先改变行为，情绪才会改变，事实是，如果人们不能改变自己的情绪，也无力改变行动。情绪、行为的改变不是"瞬间"现象，而是有一个心理变化的内在过程。美国心理学家艾克曼的最新实验表明，一个人不断想象和练习自己进入了某种情境，全身心感受某种情绪时，结果这种情绪十之八九会真的到来。

张德芬对这个事儿做了更远一点的阐述："宇宙并不知道，你正在发散的振动频率是因为你观察到或是实际经历的事物，或者你记得和想象的事物。它只是接收你振动的频率，然后用和它相配的事物做出响应。很重要的就是，你想要的东西必须越真实、越清楚越好。"

从医学的角度，为了调控好情绪，也应该对自己的心情进行一番"乔装"。

加利福尼亚大学的诺曼教授，40多岁时患上了胶原病，医生说，这种病康复的可能性是五百分之一。医生给他的建议就是让自己乐观。诺曼教授用尽一切手段，苦练笑技。一年后医生对他进行血沉检查，发现指标开始好转了；两年以后，他身上的胶原病竟然自然消失了。

于是，他撰写了一本《五百分之一的奇迹》，书中提出："……如果消极情绪能引起肉体的消极化学反应的话，那么，积极向上的情绪就可以引起积极的化学反应……爱、希望、信仰、笑、信赖、对生的渴望，等等，也具有医疗价值。"

人类在笑的那几分钟，能使隔膜、咽喉、腹部、心脏、两肺，甚至连肝脏都能获得一次短暂的运动。捧腹大笑，它还能牵动脸部、手臂和两腿肌肉的运动。当笑停止之后，脉搏的跳动会低于正常的频率，骨骼肌也会变得非常松弛。

美国一些大型医院和心理诊所已经开始雇用"幽默护士"。她们陪同重病患者看幽默漫画并谈笑风生，以此作为心理治疗的方法之一。幽默与笑声，帮助不少重病患者或情绪障碍者解除了烦恼与痛苦。

笑，是一种自由意志对既定事实的胜利。

人这一生，会为自我认同做很多事儿。小的时候，为了跟得上周围同学的流行趋势，我们改变发型、朋友圈、涂改液品牌；大了以后，我们争取城市最贵地段的百坪豪宅、新款苹果手机和最高尚的言论方式。我们的自我，不停地向外争取物品，只是为了加强自己的真实性，确定自己存在。当我们离自我认同越远，我们更想立刻抓取一些东西来巩固它。

笑，是我们可以拿到的最便宜的东西。

这种笑容，代表你已经对当下的困境臣服，你不再浪费能量，去改变已经发生的事情、去做无意义的争取。你把力气用在了离开当下，你摆脱这个场景以及负面的情绪。

这种笑容，代表你把此刻权当是一场游戏，你主动转换了一个游戏身份，从中不断练习自己。你甚至找到一个新的方式把感觉表达出来，真是了不起。

如果一个人长期控制不了自己的情绪，这股来自内里的无助和失控，是非常致命的毒。若它反复出现，可能源自于某一种情结，你要往回走很久的路，才能找到源头以及解决之道。而处在当下，你摆脱它的方式也是多样的：修行、打坐、念经，或祷告、唱诗歌；可以练瑜伽、身体工作；上工作坊、心理课程。这些都会有效。

而最简单的一个小办法，就是对着镜子深呼吸，不断训练自己笑起来。过程中也许你会哭，但当你由衷地接受和喜欢这个"面具"，这种正能量会跟你合二为一，助你更快唤来光明。

自我约束的礼物是自由

我想，人的一生，若一直能够在对的路上做计划，然后打钩。大概，就是找到了属于自己的路，以及人生的意义。

兰，生完孩子以后，之前要保持自我的壮志凌云烟消云散，每每聚会蓬头垢面出现，我们都大惊失色然后苦口婆心。她说，每天弄孩子太晚了，早上起来，我就想多睡一会儿，镜子里的自己是需要改善，但越看越烦，渐渐地，口臭来了，水桶腰也来了，连斑都有些许了……

然后她开始感慨：这女人不能生孩子。

她走了以后，孩子已经两岁的悠悠开口了。她说，原本我就跟她一样，想着孩子两三岁我再打扮，结果两三岁，又遇到了早起要送他去幼儿园的问题……我想不能一辈子这样啊，就强迫自己早起 30 分钟，在全家人一片鼾声中痛苦地洗脸、抹粉底、涂眼线。奇迹出现了，那一天我的心情都很好，路人对我微笑，连孩子都更喜欢我。这样坚持了一个月后，我再也不想邋里邋遢出门了。到现在不管多忙，我养成了早起半小时化妆的习惯。

睡觉，还是起来打扮？小小的生活细节里，包含着我们的自律。

"自由"这个词语来自西方，它的本身定义有两个：其一是自主决策，其二就是自我节制。当我们谈论成功的时候，很大程度，我们就是在谈论自我约束。

英国艾伯特王子，也就是后来的乔治六世，为了克服口吃，每天做无数次的加强呼吸、放松嘴部肌肉、加强舌头力量、绕口令，他约束了自己的自尊；为了让第一个公司生存下去，马云很长一段时间亲自背着大麻袋到义乌进货，倒卖鲜花，他约束了自己的舒适；获得绿卡的朋友肯定有过挑灯夜读为雅思考试不眠不休的日子，他约束了自己的睡眠；抱得美人归的朋友肯定做了诸多改变和调整，趋于自我完善，他约束了自己的性格缺陷。

谁不想一头倒下睡大觉？谁不想享受当下放纵带来的短暂快感？给自己设定目标，克服阻力，付出代价去实现，本身是对抗人性的事儿。

从本质上讲，自律就是你被迫行动前，有勇气自动去做你必须做的事情。自律往往和你不愿做或懒于去做但又不得不做的事情相联系。生活中，我们往往都知道正确的道路在哪儿，但是我们却不那样做，因为太辛苦了。

蔡康永说：15 岁觉得学游泳难，放弃学游泳，到了 18 岁遇到一个你喜欢的人约你去游泳，你只好说"我不会耶"。18 岁觉得学英文很难，放弃学英文，28 岁出现了一个很棒但要会英文的工作，你只好说"我不会耶"。人生前期越嫌麻烦，越懒得学，后来就越可能错过让你心动的人和事，错过风景。

我们很少意识到，正是因为自律，我们才获得足够的收益或者愉悦，当自律变成习惯，会反过来提高本身的自律能力，你的自律也会变得更加强大。

刚开始练习芭蕾，垫步、压腿、拉伸都是极其单调和痛苦的。但有一天，量变成为质变，你的身体突然打开，你触类旁通地旋转，那种轻盈和自由，会让你无比欣喜、享受一切。

这种舞蹈可以引申到一切，因为所谓成功，都是节制欲望，而后爆发的一种巨大回报。这种回报，有物质的，也有感情的。

康德说，自律即自由。

当我们下决心要做到自律的时候，以下这些是应该理性考察的。

认识自己在自律方面的能力。你有 200 斤，你决定去健身，如果你打算花半年的时间减到 140 斤，那是人定胜天；如果你想一周就做到，那是妄谈与疯话。自律，首先是对对抗之事精准的衡量，对自己能力合理的估算。

增加脱离自律框架的成本。人意志力有限，因此最好营造一种客观自律的环境，而不是光靠主观的努力去自律。举个例子：当你想要在家工作的时候，你就把手机放在另外一个房间；你想减肥，就把身边所有零食送人。这样一来，你想刷微博的时候还要起身去找手机，想贪食的时候发现要重新购买。这一点小小的停顿，会提醒你坚持最初的目的。

平衡利益的天平。人内心最原始的部分，是趋利避害的。当面临选择的时候，人总是倾向于选择轻松的、害处少的路。因此，提高对不自律的害处的认识，会让你在坚持自律的时候显得更坚定。比如，晚饭后不想健身，想想又多出两斤肉离男神又远了一点；工作业绩没完成就想去打游戏，便可以想象被扫地出门后女友的白眼。哪怕对坏处的想象难以平衡天平，但至少能让天平倾斜得少一点。

对抗自己的本能和欲望，很好地控制自己，是我们一生的修行。若内心本来就足够强大，有明确的目标和足够的执行力，外界干扰和诱惑等于不存在。但大多数人都做不到这点，于是我们努力营造一个自我隔绝的环境，切断一切可能会影响自己意志的通路，甚至暂时到一个封闭环境去，与世隔绝。所谓闭关就是这个目的。

我采访过《时尚 COSMO》现任主编王潇，她发明了一种"效率手册"，简而言之，就是给自己每年到每天都做计划，通过打钩来确认这件事已经完成，实现对自己身材、团队，甚至个人感情的管理，非常理性，一丝不苟。有一天在她的问答 APP 上，有人问道："如果有选择，你会不会选择一种随心所欲的人生？"

王潇的回答很耐人寻味："通过时间管理最高效地处理不得不处理的琐事，才能留出更多的时间给我真正喜欢的事，放空、发呆，不带任何目的的玩耍。通过阶段性地完成任务让人生迈上台阶，无论是财务还是认知，这样就能够少做不想做的事儿、少见不想见的人、少去不想去的地方。所以，这些勤奋和细密的手段，恰恰是为了让自己的生命多些随心所欲。"

看，做计划和打钩，如此简单的小动作里，包含人的追求和抗争，这种小小的个体行为，已经具有了高级的人类精神和哲学意义。

我想，人的一生，若一直能够在对的路上做计划，然后打钩。大概，就是找到了属于自己的路，以及人生的意义。

第五章

因为深爱，更要理性

美好的关系不仅靠热情维系，需要很多的学习、了解、自我约束、承认责任。婚姻是一场克制自私、不断成全的漫长修炼。在要求他人之前，我们应该先要求自己，感情到底是伟大的成功，还是巨大的失望，不仅仅取决于对方，还取决于你在这段关系里有没有投入足够的时间和精力，付出耐心和信心。因为，我走到今天，不是为了跟你走一段，而是陪你走下去。

旧爱就像一记耳光

跟旧爱断得彻底，你的幸福才有土壤生长，繁茂浓密。

在这个碎片信息无孔不入、人人都可以扮演陆琪的时代，有太多人在教育我们，男人已经不是原来那个样子：他们时尚，精通美颜和品牌、看《破产姐妹》；他们薄情，爱好点云谲波诡，又转瞬即逝。于是，我们的感情也要进入 7.0 系统时代，女人不断调整自己的步伐：适应半糖模式、跨国恋……

我们跟叮当猫一样变来变去，直到把好端端一个普通男人变成旧爱，才如梦初醒。旧爱告诉我们的第一件事就是：嘿，我们依然活在地球，吃五谷杂粮，追求平淡幸福。请用你的真实感受，而不是微博指南来爱我！小区花店的花儿挺好的，你偏说以后纪念日只收"野兽派"；读完研结婚挺好的，你突然说只经历一个男人怕自己不懂爱；贷款买房生个孩子挺好的，你非要辞职环游世界"找自我"。没有原则的新三观，最后只有毁三观。你以为自己高大上？其实从意志力到智慧度都洗剪吹。

　　开展完自我批评，就要进入总结得失阶段。如何让一个男人不要轻易变成旧爱，首先要确认他真的值得爱。你爱的男人年纪小，难免偶尔偷瞄小嫩模或者卡哇伊；你爱的男人年纪大，办公室女郎什么的会更让他神往。心猿意马的可以请他跪在搓衣板上谈谈心，滥情不专的却只能拖出去斩首示众。在感情里可以轻易放弃你的人，都是不爱你的。无论他表现出多少的不舍、纠结和痛苦。只要是轻易地放弃了你，那这个人就一定不爱你。因为爱说到底就是三个字——"舍不得"。

　　靠谱男人的最大特点，就是把对你的好，变成了生活的习惯。习以为常的关心，点点温暖绵长，才是好爱情。稳定的伴侣都是一样的，不幸的旧爱则各有各的奇葩。当我们给旧爱们做总结，会发现以下若干基本规律。

　　第一，他对你躲躲藏藏，绝对不是在考验你的感情。

　　有一部大热电影《他其实没那么喜欢你》，给我们揭示过一个真理：女人在感情上自我安慰和欺骗的能力是惊人的。"他之前受过伤所以这次对我更谨慎"，"他只是太忙"，"他虽然没过来搭讪，但他看我的眼神我懂了"。你的朋友也会这样安慰你，大家都小心翼翼保持这个微妙氛围，假装"他其实没那么喜欢你"那个选项不存在。当然，如果他本着"不主动不拒绝不负责"的经典原则保持安全距离，你大可以追着他跑，但是需要承受遍体鳞伤的结局。感动他的概率？我不知道，也许比中 500 万元会多那么一点。

第二，老想考"精神导师上岗证"是错的。

朋友小漠，恋爱五年，某日男人醒来便沉默不语。小漠心思细腻地回忆了点滴、总结了得失，最后伤感欲绝地承认他已经不爱自己，而男人也在睡前更新了一条微博："郁闷无可排解！国足死去吧！"

每个男人都有自己的小宇宙，容量往往比你想得大很多：事业、友情、父母，等等。他的所有问题不可能都通过你得到出口，就像你不可能用许愿就让世界和平一样。实际情况往往是，女人的心情几乎都与男人有关，但男人的心情不一定都与女人有关。他不要心理医生，你细声细语扮软妹子、故作洒脱做女汉子、知心大姐电台小妹各种演，往往只会让他更烦躁。

对于女人来说，若不经历种种，如何越爱越深；而对于男人来说，若没有一见钟情，如何付出所有感情。看《非诚勿扰》，你就知道，女嘉宾可能被原本不是太爱的男嘉宾打动，喜极而泣大团圆结局；男嘉宾一旦没得到"心动女生"的留灯，掉头就走，不需要"转角遇到爱"。在爱情里，男人是狩猎者、主动方，是快速行动的人。

如果他真的爱你至深，你根本不会动"把他变成旧爱或者即将被旧爱"的念头，当你有了这种不安，你需要做的，不是花更多时间纠缠他爱不爱你，而是承认自己的直觉，也拿出自己的理智。

对于不值得爱下去的人，果断前任格式化，清出心房，搀扶出门，右转不送；即便困难模式也想好好爱下去的，要承认，在这段感情里，你已经被动，你能做的就是，记住爱情是件美好的事情，而不是消耗你到心力交瘁。如果有一天，你追得心神俱疲，那就算你们在一起，也已变成"不是恋旧，就是将就"。和某个人只能将就一阵子，不可能将就一辈子。恋着一个错的人，才是妨碍对的人进入你的生命。

不论遗憾的还是幸运的，不论是他辜负你还是你背叛他，旧爱，只是你投稿"我的前任的极品"的一份私信，是你要犯同样错误之前扇自己的一个耳光，是你走向终极幸福打败的一个怪兽。跟旧爱断得越彻底，你的幸福才越有土壤生长，繁茂浓密。

当你读完这份旧爱年度总结，把伤感都烧成过眼云烟，刺激没有多过一分咸宁汽水。这样的话，在转角遇到爱的感情寄语里，你才可以饱含期待地这样写——人生漫漫，我只有一个确定，遇到那个对的你，才是我最好的时光。

舍不得分的手

那些错的爱人，都是你需要遇到的人。

　　羽，一直纠缠在一段感情里不能自拔。在刚开始的阶段，他们是异地恋，其间她遇到好几次优质男，饭也跟人家吃了，彼此的情况也都交代了，一起沉默着走向地铁的路上，心也不是没动过，但最终她还是坚守了下来。两年后，终于等到男孩工作调动回了北京，如愿以偿同居了，同居之后，才发现很多问题。

　　男孩在那边的时候，好像有个红颜，深夜的 QQ 里有时候还弹出她的暧昧问候。

　　男孩并不着急结婚，甚至逃避结婚，他的口头禅是事业目前才是第一位。

　　男孩很不成熟，凡事争执从不让着她，吵急了就摔门出去通宵跟朋友喝酒。

　　但她想，谁能没有一些问题呢？她喜欢吃他做的菜，喜欢清晨的时候一睁眼看到他的感觉，喜欢他满身的文艺气质。就这样，又凑合了两年。

　　在她终于下决心要逼婚的时候，男孩坦白了自己的感受：从一开始，就只是一次尝试，到今天，愧疚越来越多，自知责任重大却又害怕说服自己凑合，最后两个人伤得更重……

话都说到这份上了，她面对了一直逃避不愿承认的现实。分手从长远看难以避免，她的朋友努力让她明白"沉没成本"这个概念，她大哭起来，我知道要分手，但我现在舍不得，舍不得就不分！

周舟，找了一个外国男朋友。他比她小三岁，非常帅。他身上有一切她喜欢的特质，唯一的问题是，他将来是要回英国的，但周舟却不打算背井离乡。父母都强烈反对周舟投入一场不会有结果的爱情，周舟置若罔闻。2014 年春节的时候，周舟和男友设计了一条旅行线路，周舟飞到西班牙，男友飞到法国，两个人在当地租一辆车，往共同目的地意大利开，在那里碰头相聚。

大家都点赞的时候，我问周舟，你知道阿布拉诺维奇和乌拉依吗？他们就是这么约着从两头包抄长城的，结果是长城还没走完，乌拉依就出轨了，这个行为作品成了分手祭礼。你们两个迟早要分手的人，非要分得那么浪费？

周舟说，嗯，估计现在还分不了，还得等等……浪费吗？我只看到浪漫。

王菲在《闷》里唱着："是不是不管爱上什么人，都要天长地久求一个安稳，真的没有别的剧本？"在现实中，我们要爱上多少人，才爱到最后，成为一个安稳；我们要走多久"错误的"路，才能找到方向，从此开到荼蘼？

年轻的时候，我们可能明知道这段感情不够好，这种感觉与永恒对照很有点不对，但我们依然贪恋这份感情，舍不得此刻离开。大家都在说沉没成本，可若真的可以那么精确和理性，爱情就不称之为爱情。

咱们做过多少自认为爱的浪漫，在别人看起来，都是一场浪费？

贤良淑德诚恳认真的女人，大部分都要爱那么一两个浑蛋。

明知道对方是第一次恋爱，难以到头，还是被纯真打动豪赌一把。

因为不了解在一起，因为了解而分开，中间烧完了整个青春。

日光之下并无鲜事，此间种种都是正常。

不要觉得自己特别悲剧，什么叫作爱情悲剧？罗密欧和朱丽叶的故事算得上悲剧，他们360度无死角地被命运摆放在对立面，封建势力和旧世界把他们压制得透不过气来。他们用死亡推动了社会的进步、人性的解放，为后来人创造宽松和自由的新世纪。

咱那点事儿都不好意思打扰"悲剧"这个词。

我其实欣赏以上两位的态度，舍不得，就先不分手，痛也是当下我对自己的负责；另外一种就更牛了，就好像朱茵跟周星驰分手后大骂对方无良，莫文蔚哈哈一笑说，我喜欢做这种奇怪男人的前女友。

她们并非不知道自己在做什么。她们也大概看见了后果，用短暂沉沦缓冲自己的伤痛，或者对自己慷慨就义进行自黑，就是她们做出的应对选择。

我们都有这个经验，身在事外的人一目了然、苦口婆心，置身其中的人茫然纠结，仿佛喝醉。其实，对一段"错误的"感情，往往劝是无用的。木心在《巫纷若吉》里谈"劝"这个事儿，说得贴切——"我想大多数人是听不了劝的，劝本身就带着浓厚的自我色彩。"各人人生生存准则大不相同，最后，他说一句，没有所谓无底深渊，下去吧，下去也是前程万里。

所谓命运，天给一部分，自己造出一部分，天给的归天，自己制造的必须归自己收场，这是谁也不能替对方行使的权利。我们为他人故事里的未知揪心落泪，殊不知，故事里的人已经在脑海中彩排结局好多回。

对爱情理智，本身就该包括这点——看清楚自己的无能为力。

最失意的夜，不妨喝酒撒泼、痛哭流涕，放不下又如何？我们还会因为太热爱一件奢侈品而不愿离开，就像惩罚一个赤脚的新娘去领取人生中最贵的婚纱。反正终会发现，在帝国大厦顶层看到的焰火，也不是最美的；在香街默默记下的欲望，也不是最贵的。走到最后，每个人都是在日常生活中旅行，在梦想前说谎，在遗忘中幸福，去追寻一个个不切实际的欢乐。反正不能改变未来的他，还不如先放过现在的自己。

听说 2009 届北大本科毕业生的毕业典礼上，放过一个短片。说了很多对没有走到最后的校园爱情，最后，缓缓打出一排字——"在对的时间遇到对的人，那是童话；在错的时间遇到对的人，才是青春。"

当时大家都泪流满面地站起来齐齐鼓掌。

若爱情注定已经不能永恒，你要更加认真。把所有细节都体验透彻，让难题变得有趣，使痛苦变成艺术。深谙游戏之道，却不去改写；明知道结局已定，却将计就计。在失意中人人都是诗人，看得透人世虚无。沉沦下去也不能改变什么，积极的方式是把日子朝更世俗过。太年轻的时候总嘲讽中年人庸俗不堪看不开，殊不知努力演得入戏才是对抗岁月的速效救心丸。

我很喜欢一段话：无论你遇到谁，他都是你生命中该出现的人。无论发生什么事，那都是唯一一会发生的事。不管事情开始于哪个时刻，都是对的时刻。已经结束的就结束了。我们经历的每一种情景都是完美的，即便它不一定符合我们的理解和自尊。

那些错的爱人，都是你需要遇到的人。他们终于会带来最有价值的遇见，那就是让你重遇自己。那一刻你才会懂：走遍世界，也不过是为了找到一条走回内心的路。

　　不走错，如何走回来？

　　所以，现在舍不得就别分了，总会有舍得那一天的。

亲爱的，你不会死于心碎

若梦见你，醒来温和道一句：望你安好。

朋友说过一段话，在一次重大的感情创伤里，他突然发现，"瞬间什么都听不到了，只看到她的嘴巴一开一合""心里一沉""大脑嗡嗡作响"，这些俗气到幼稚的描述，精准无比。

在白先勇的《纽约客》里，描述到两个人经历了巨大的折磨，女生在最残忍的拔指甲的时刻，整条右臂突然完全失感；男生在经历了"一头一背爬满蛆"的侮辱后，整整一年多，都没有任何嗅觉。

所有心里的感受，到了一定程度，就会变成身体的感受。所以当我们真的被伤害到一个程度，痛不欲生的感受是生理上的；所以，当有人告诉你，她即将死于心碎的时候，这可能是真的。

广美，谈了一场轰轰烈烈的初恋。当时，广美是文科班班长，他是理科班班长。广美盛气凌人，他温吞憨厚。广美想要的一定会用尽一切办法要到，他几乎很少让人看出自己的情绪，他们如此不同，仿佛相隔甚远的两个星球。

可是，广美爱上了他。

《致青春》里，郑爽追求陈孝正，在毕业典礼上唱歌，用万人喝彩引发他的关注；去他的寝室，陪哥们打牌引起他的嫉妒；在生日会上，拒绝一切只爱他送的手工艺品给他信心。这些至少还算有些心计，波浪式前行，螺旋式上升地为自己争取感情。而广美则是，只凭着本能的热情去追求他。

广美在升旗仪式散场的时候当众牵起他的手，她求代课老师给晚自习的他送牛奶蛋糕，她到别的城市参加比赛走一路买一路，给他带回一箱子的礼物。她去他家做客，甜蜜地告诉他父母："等高考结束，我就要把我的单人床搬过来，跟他的单人床拼在一起。"

高考他们都考得不错。得到北京大学录取通知是晚上十一点班主任给他打的电话，班主任难掩欣喜。挂掉电话之前，班主任又说："听说你小男友的通知书也来了……上海交通大学。"

上海交通大学？开什么玩笑，不是说好一个去北大，一个去清华吗？

广美开始听到自己心扑通扑通跳动的声音，一下快一下慢，妈妈说你脸色怎么这么差，她说我想出去走走。她走到他们家楼下，看着手表却不敢打电话，就这样犹豫着、纠结着，妈妈电话打过来催她回家。

那个晚上她躺在床上，就像一个心脏病重症患者，她不得不起来好几次打开窗子透气，来缓解要晕过去的感觉。分针和秒针的动静从没如此清晰过，六点一到，她再也按捺不住，来到了他家楼下，打了电话。

若干年后，若是再回到那个清晨，广美会轻易判断出男孩的表情在说"我们分手吧"，但在那个时刻，她只是哭得肝肠寸断，对他说："距离不算什么呀，你就是我的血。"

他们的感情断续维持了一年，都是广美去看望他。他们在电话里从九点吵到天亮，困的时候，抱着没有挂断的电话睡去，醒来继续争执。他终于答应来北京旅行，她欢天喜地，提前一周跟男生称兄道弟安排好他的住宿。在把他的行李都拿到自己寝室的时候，他的手机从包里掉了出来，她在他的手机里发现了一个叫"宝贝"的联系人发来的短信。

广美很惊讶自己手脚如此无力，还爬上了架子床。她这一觉睡得很沉，睡了大概 10 个小时，醒来的时候，室友说你怎么老了 10 岁似的。

她笑笑。

她很平静地继续陪伴他去长城、天坛、故宫，送到机场。登机的提醒中，她给了他一张很小的字条：

　　以后不要联系了。当从来没有认识过。

此去几年，广美谈过几次恋爱，换过不同的生活方式。但她说，什么办法都试过了，就是忘不了他。

她说什么地方都去过了，就是找不回那一片心的碎片。

她问我，她会不会死啊，死于心碎？

这个问题，何其多人问过。

诺做了一个女孩 14 年的同桌，每次升学都通过父母关系或者自降学级来陪伴她，各种阴差阳错，最后他只得到对方的结婚请柬。

娜的男友，在著名的失联航班 MH370 上，那一年，他结束了在新加坡的劳务输出，要回国跟她结婚。

越来越多的剩男、剩女，意味着当太多人把现代生活当回事揣在心中，而后疲惫不堪；恨爱的情节听着听着，总会有一两个耳熟。

谁不是，曾经有伤的年轻人？

你会恨自己，恨自己不够完美，恨对爱情无能为力，恨命运强大无力还手。

你有没有问自己，完美是否一定就会被爱；爱情如果那样安排结局是否一定幸福；如果得到了他，命运会不会没有机会给你颁发一枚更好的勋章？

你试图找个替代品，虽然你知道这样对他来说不公平。你清楚，你不是要别人来爱你，你是让别人来救你。爱是一个坑，新的萝卜永远无法符合旧的尺寸，空洞就是空洞，它会一直在那里，就像落掉不再新生的牙齿。

你终会发现，这对你也一样不公平。坏的开始带来坏的过程，争吵、不满、痛苦、失望、怨恨。你亲手制造了一个错误，造成的伤害就像往伤口上贴创可贴，血不再流，伤口却在里面腐败，你因此失去爱的能力。

你找一份压力巨大的工作，你终日忙碌，情感转移。这还是有一些帮助的，毕竟人的感情有相通之处，成就感会取代沮丧，自我实现会拯救失望。毕竟工作付出总会有些回报，因为这不是两个人的事儿。

你还去健身，当汗水流下来，泪水的份额就被占满了。

你甚至开始打坐，两腿相盘，那种筋骨之痛伴随着心中苦闷的放下也随之远去，回忆变得遥远，像发生在别人身上的事儿，你听着自己的呼吸，慢慢变得平静。

学会与悲伤和平共处，也是一生都要学习的课程。

你最终会做这个故事唯一的选择，清理自己，继续前行。这期间，伤感、痛苦、逃避、渴望和绝望经常如不速之客不期而至。在复印文件的茶水间、在朋友热闹的聚会、在拥挤的地铁、在跟陌生客户握手的星巴克。像风湿一样不知道受了什么刺激，它不定期发作，疼醒你，让你大汗淋漓。

但最终，它带来的是平静。孤独不是最好的麻醉剂，而是最好的治愈药。当清晨第一缕阳光穿过你的窗帘，打在你的脸上，你睁开眼，世界继续运转，你还好好活着。

《住在清潭洞》里，金惠子遇见以前卷走自己财产的女骗子，她觉得这人脸熟，以为是老朋友，就和她喝咖啡敷衍，分别时她突然记起来了，气急败坏大喊一声，女骗子夺路而走。她沮丧地走到市场小摊上买菜，剥到一颗空壳的花生。

　　她突然就释然了。大自然生产作物也会忘了往壳里放进东西，就像人会忘记受过的伤害。

　　广美现在已经结婚生子，过着平静幸福的生活。她说，心的那个碎片依然没有找到，不过，她已经学会不去寻找。在时间的河流，她放手，针落大海，了无痕迹。

　　若梦见你，醒来温和地道一句：望你安好。若听到朋友谈起你的微信状态，就当个老朋友吧，让我牵挂。始终应该感谢你，那段岁月，我用怀旧的电影，淋湿心情；喝醉的夜，想你的感情此刻在哪里旅行。过去正因为已经不能更改，宽容过滤只留下甜蜜；未来又太多不确定迟迟不来，悲观蔓延就成空虚。所以曾经的我，给心挖一个回忆防空洞，假装外面的世界都是战争，这里才是安全的。

　　感谢你，正因为如此，活着的感觉如此鲜活强烈，正因如此，青春不枉意义。正因如此，我会在 KTV 里唱《最快乐那一年》。

　　但我知道，那并不是我最快乐的那一年。我终究会遇到我的真爱，在那段良性积极的感情，最快乐的永远应该是下一年。

　　《更多的人死于心碎》在结束时说：没有人死于心碎，麻木治好了这种鬼病。

　　其实，是平静治愈了这种鬼病。

　　张嘉佳说，在最难熬的夜晚，看见日出，发现自己也可以再开始。

在最孤单的山腰，等到雪停，原来迷路也能够有风景。有时候解决生命里大难题的，往往不是知识赋予你的逻辑，而是时间赋予你的等待。

最可贵的并非年少纯真

　　纯真对所有人都是平等的，每个人都有一次少年轻狂冲动无谓的机会，但不是每个人都可以经历世事伤害，看过无常变化，沉沉浮浮后，收获一颗平静、干净的心。

　　2011 年，有一部火遍大江南北的电视剧，叫作《北京爱情故事》，凤凰男在自卑中的拼搏，最终没有赢过富二代浪子回头的领悟；物质女追得遍体鳞伤，终于知道用身体换物质，自己却不是爱情的对手；但我最难忘、最动容的，却是其中一对配角的爱情。

　　吴魏，从纽约归国创业，一个必须赢的男人，疯狂的操盘手，不断攀登下一个成功仿佛是他生活里唯一可以做的事。

　　伍媚，从纽约归国发展，一个情商和智商、身材和事业同样漂亮的女人。曾经信奉生活以快乐为基准，爱情以互惠为原则。

　　吴狄，北经贸大学毕业，开着熊猫吉利车朝九晚五的上班族。号称追求平平淡淡的生活，跟咱邻家普通小伙儿没啥区别。

　　吴魏和吴狄是异父异母的哥哥和弟弟。吴魏和伍媚在纽约恋爱五年分手，吴魏内心一直等待伍媚回来重新开始。伍媚终于回国，却成为吴狄的上司，并爱上了这个比自己小的男人。这就是大概的背景。

　　这种故事，跟身边的生活何其接近，女神追着一个大家眼中的屌丝，本该当男一号的男神只在喝醉的夜里笑着跟哥们说想她。

　　我挺不明白为什么伍媚就盯着吴狄不放，即便在吴狄一次一次因为物质女郎前女友的一句恳求、一个电话就断然放伍媚鸽子以后。对伍媚来说，这是一次突破贫富、年龄、世俗差异的飞蛾扑火，但在吴狄看来，其实只是爱得不确定，犹豫不决的"一种感觉"。在吴狄这种男人的内心深处，他是难以接受女方比自己强大、无法驾驭的，平凡如他，恰恰最需要那种怜香惜玉、无辜眼神，激发他保护欲望的爱情，这就是他为什么被嫌贫爱富但一副可怜相的前女友弄得团团转的深层原因。"互相尊重、平等、欣赏"是真正的强者男性才有的底气，他根本做不到。

　　在伍媚和吴狄的感情里，她一直是妥协的一方，是包容的一方。这种爱，是姐姐对弟弟的爱，是强势者对弱势者的爱，在我看来，也是社会普遍定义里，接近男性对女性的爱。看到伍媚一次次委曲求全又嘘寒问暖，努力大度又锲而不舍，我就在想，伍媚当初离开吴魏，大概也不是因为吴魏这个穷留学生无法在经济上给予她足够的满足，因为她从来都不需要别人给她满足。恰恰相反，她需要的是支配、引导和给予，吴魏处世中的霸道让这种需要无法被满足，这就是我们说的强强难容。可是她不知道，一只姿态优雅昂首阔步的雌虎，只有一只充满警觉、随时厮杀的雄虎才能保护她内心深处的不安，静静守候的王者，才懂得她不为人知的脆弱敏感。

她不知道，他们才是同类。而老虎，终究是难以跟兔子生活在一起的。

有一次，在三人常常不期而遇的汽车电影院，吴狄又看到吴魏的车。正当他打算掉头逃避离去时，吴魏敲他的玻璃窗，生气地对他说，在自己的车里，有个对吴狄一往情深的女人。他大声呵斥，他步步紧逼，要吴狄给一个交代。吴狄面对伍媚的眼泪无路可逃，终于说出自己的感受，与她在风中紧紧拥吻。在他们身边，吴魏的车默默地发动，离去。

我当时觉得有点假。爱不是强占性的吗？真的有男人爱你爱到"主动成全你和情敌，幸福给你尽情啜饮，孤独留给我默默忍受"？后来我明白了，这里面有成全，更多的是骄傲。面对弟弟吴狄，他拉不下脸去给他们一个平等地位竞争，那是他从小到大一直呵斥无用懦弱的人。面对爱人伍媚，他带着某种哀伤和胆怯，聪明如他，感情的天平倾斜其实早已看得明明白白，然后呢？怎么办？绵长倾诉自己多年的思念和等待、哭着质疑这个结果的讽刺和不公、狼狈承认没有她的生活他的世界像建好的星球却失去太阳？他做不到。孤独是他一直享受的东西，高处的寒冷让他早已经忘记如何示弱流泪、向别人争取感情。这才是他败给那个没有原则，左右摇摆，自以为是又固执任性的弟弟的原因。

伍媚被内心从未放下前女友的吴狄一次次伤害，心灰意冷就会找吴魏喝酒。吴魏每次都有礼有节地奉陪。一次，伍媚感慨她老了，吴魏认真地说："别害怕小伍，人都会老。但我在。只要不挥霍，我们银行里的钱，够我们活到下辈子。如果你愿，我们都不拼了，我陪你去南美洲看动物迁徙，到日本看樱花飘落，我们走遍这个世界，我陪着你，慢慢变老。"

当时我的眼泪夺眶而出。这是一个历经厮杀、腥风血雨而后疲倦的人的真心之言。人生最可贵的不是吴狄式的、最初的纯真。纯真对所有人都是平等的，每个人都有一次少年轻狂冲动无谓的机会，但不是每个人都可以经历世事伤害，看过无常变化，沉沉浮浮后，收获一颗平静、干净的心。

吴魏得了脑癌，打算默默地离开这个世界。临死之前，助手瞒着他把一本长达 15 年的日记，交到伍媚的手里。日记跨越了香港回归、杨利伟飞船上天、中国申奥成功、新中国成立 60 年，在每一个特别的日子，孤身一人的吴魏只在做一件事，思念伍媚。他在日记里透露了离开伍媚的原因，是因为当初的他一无所有，当初的他不如同龄的她优秀，他只有狠心割情专心拼搏。看看，那么强大优秀的男人也那么天真，假想一张爱的资格卡渐行渐远，却不知道爱只争朝夕——"我现在变成了一个满身铜臭味的商人。但只有我自己清楚，每当夜深人静，我一人独处的时候，你的不约而至都会洗尽我的铅华，让我变成一个诗人。"

吴魏啊吴魏，他的羞涩、他的深情、他的温柔，早在他第一次出现，在股市争斗里红了眼，在呵斥属下放下儿女情长，在无法停止寻找下一个事业的兴奋点时，我已经看得明明白白。他，像一只没有脚的小鸟只能飞翔，等待海上一片属于他的心栖息的绿叶。他那么骄傲，用钱能换来的欲望满足，一般意义的感情陪伴，他都不屑一顾，他要的，是一份有分量的、不可取代的爱情，比如伍媚这样，曾经陪他奋斗却被他痛失，成为支持他一路拼搏而来的动力、成为他活着的意义的——爱情。

外表越是强悍的男人，其实内心越是需要呵护。表现得越霸道强势的男人，其实最容易为红颜将自我舍弃。刚则易断，这个词虽不恰当，但还真从侧面能说明这个问题。但女人害怕、女人不相信、女人宁愿选择表面看上去憨厚而内心固执得不行的好好先生。这个世界就是这样，我们总被假象迷惑。幡然明白时，逝者已如斯。

——"我在北京，你在纽约。漫长的离别，我只做一件事：专职爱你。如果爱情能够成为职业该有多好，我永远不会早退，也不会转行，任期就是这一辈子。世界上最幸福的工作……就是做你的专职爱人。"

人生漫漫，我只有一个确定，遇到那个对的你，才是我最好的时光。

Marriage Certificate

结婚誓约书

最想对你说的两个字是，谢谢。

谢谢你给我的一切——爱、安定、承诺和财富。

你是礼物，是恩赐，是我必经的命运。

有生之年，愿我陪你走过万水千山。有此，我心怀感恩。

在你生命中的每一天，都让你看到最美的风景。

经必经之路，见该见之人

你是我的惊喜、礼物、恩赐，你是必经之路。

2013 年，高圆圆主演的《咱们结婚吧》上映。那年中秋，我接到任务，帮一本时尚杂志采访剧组所有的主创。我马不停蹄地出发了。在这一次的采访里，我听到了很多让我很受触动的故事。

电视剧的导演是刘江，他执导过的迄今为止最广为人知的电视剧应该是《媳妇的美好时代》。刘江的夫人是《咱们结婚吧》里苏青的扮演者，王彤。一个气质温润，人过中年依然身材挺拔的女人。他们认识于 1993 年，到我采访的时候，正好二十年时光。

现在的刘江在影视圈如日中天，但曾经的刘江是个表演系毕业就打定主意不去演戏，一头扎进东方歌舞团唱歌的屌丝。王彤父母是大学教授，他们起初对这门亲事并不认同，一来二往交流多了，觉得刘江人品不错，也就同意了。刚结婚那会儿，刘江和王彤住的房子八十块钱一个月，床边老鼠结队穿过，到了月末常常揭不开锅。刘江作为一个初出茅庐的导演，被圈内老人欺负，被迫做了很多不情愿的事儿。但他从不觉得绝望，他老跟王彤说一句他最喜欢的、吴清源的话——"这个世界是天堂还是地狱，由你的心决定。"王彤很多次在节目里回忆这一段，觉得非常美好。

在他们的物质生活上了非常好的台阶之后，他们又遇到了感情的波折。王彤说，"刘江跟我之间特别默契的一句话就是说，谁都不要挑战人性，这个东西其实特别准确。人这一生会遇到好多缘分，会有好多个相遇，假装回避是没有意义的。我们俩有共同的信仰、价值观和沟通方式，能达成共识。不如给对方一个空间，各自去走过。"

我问刘江七年之痒怎么办？他说："谁都痒，比别人少痒一点就是胜利。"

他们并非来自于一见钟情，也不太相信一见钟情。在我看来，这就是那种最自然的感情，一点点揭开、一点点相爱，一点点磨合，像在风和日丽的公园慢慢跑马拉松，比的是耐力；又像一部隽永的电视剧，并不止有一个光鲜的片头，所有美好的点，蕴藏在整部作品，绵长统一。

但最有意思的是这个电视剧的编剧梦瑶。在此之前，她给章子怡写了《非常完美》，是爆米花电影编剧的代表人。写作电视剧本是第一次，最打动她的所有原因是——"我自己就曾是个剩女。"

她有过七年的单身生活，每次恋爱都很短命。那些岁月，梦瑶伤害过别人也被别人伤害过，长久的孤独就像一场大冒险，她不知道生活会把她带到哪儿，整个人是紧张的。后来，大冒险结束了，梦瑶获得了婚姻，以及写作的灵感。"冒险也是修行。我努力在记忆的藏宝图中找寻每一个隐身小金矿，然后把它挖出来，编成故事。我把自己切成了碎片，藏在了每一个人物里面，每一个。"

她说，婚前她失眠了几年，每个晚上都要吃安眠药。

其实，这些主创的故事，我觉得比电视剧还精彩。现代电视剧不好看吗？好看，一夜情、老少恋、单亲爸爸、赴美生子、试管婴儿什么狗血的桥段都出来了，最终都指向一个问题："为什么我的爱情不成功？为什么我就一错再错？为什么，我就是遇不到对的人？"

其实，再狗血的情节在生活本身面前依然自惭形秽。现实林林总总的情节总有一件让你目瞪口呆，然后你就明白：再伟大的爱情都有阴暗之处，再混乱的关系都自有其合理和妥协，人类情感是如此复杂。

众人皆苦，你没有比别人更苦，你只是跟别人一样。

我的女朋友犁犁，第一个男朋友来自演员世家，他们在一起仿佛金童玉女，可是那个年青男孩喝多了会打她，然后哭。她离开的时候说，目光决绝，不屑一顾。

为了帮助这个男孩接到更多戏，她联系了一位著名导演，在变故后的安慰和倾听中，她自然走向了他的怀抱。那段时间，她学会了照顾、理解、更多的变通，她的性格，一点点柔和下来。他们的感情被聚多离少打败，她懂了伤心。

现在，犁犁和一个摄影师在一起，我们都劝她，找个"靠谱的"男人。她嘻嘻笑着，把自己的生意打点漂亮，陪对方做工作室。两个人时她如猫妩媚，独立时她如豹迷人。

她反问我：谁能靠着谁的谱？

她知道自己在干什么。只是结果要等，而她已经不急。

我的好朋友杜十娘，大学时代就是万人迷，追她的从文艺男到富二代不多列举。她跟一个同学好了，因为"他是个特别羞涩的人，但毕业典礼上突然冲到台上，不顾一切地抱着我，吻了我。当时我吓傻了，下面所有同学都在吹口哨。这份感情，有这一下，值了！"

这个值得付出代价太大。毕业后，十娘被父母安排进了福利很好的国企，房车俱备，只差结婚。男生去了香港浸会大学读导演，其间帮杜琪峰拍了作品，去了台湾继续深造，又回香港拿身份。

一去八年。十娘依然女神，但生活里只剩下等。

今年，十娘突然说自己放弃了工作，考了雅思去香港。我吓一跳，为了他值不值得？十娘淡淡地说，我从没离开过北京，就当换个城市生活。

她说，这不是为了他，是为了自己。这样，就算到了香港，她会为自己奋斗。如果他们的感情失败，一句话，她不会记得怨恨，会记住那份"值得"。

在我的婚礼上，我想了很久，对先生说的誓言是："你是我的惊喜、礼物、恩赐，你是必经之路。"对啊，我相信在经过那么多之后，我走到你身边，是上天的旨意。我不知道以后会怎样，但我已经认定你是"恩赐和礼物"；而且，不管如何，我也下定决心不后悔和抱怨，因为"你是我必经的路"。

我问梦瑶，为什么最后是他？她回答我："他是做 IT 的，对我们这个圈子的事儿一点也不关心。他只想把最好的给我……经过了那么多之后，你知道什么是真的。"

对啊，经过那么多，是为了什么？为了让我们了解自己的软弱，认清自己的局限和自私；为了让我们接受爱多变的面孔，对生活更加坦然；

为了让我们懂得给予对方，为了让我们在那一刻明白——"这次是真的。"

《咱们结婚吧》讲了一个很长的故事，男女主人公经过分分合合，结婚了又差点离婚，到了剧终，才确定"你是我的"。电视剧会落幕，生活不会。只要还没死亡，他们肯定还会有起落，还会继续纠缠，因为爱是措手不及，爱是节外生枝，爱是不断修炼，爱是再度包容。

我此刻走上大街吹风，若是遇到一个行色匆匆的精致女孩，问她：爱是什么？也许她会告诉我：没有心动，人生不过行尸走肉。我一转身，遇到已经步入婚姻多年牵着孩子的女人，她可能会说：百分之一的爱，加百分之九十九的责任感，也许能走到最后；百分之九十九的爱，加百分之一的责任感，打麻将就该散场了。

这是恒久的话题，它贯穿我们的脆弱与光荣、伟大与卑微、活着和死去，这是我们穷尽一生追求的东西。

任何一种感情都无法标准化，因为感受是纯私人的。纵然你给恋爱设定过 N 多标准，其实最终要找的，不过是一个闭上眼睛依旧清晰可见的人；纵使，你已经在爱这条道路上千回百转，得到又失去，长夜痛哭，上下求索，你还是不会罢手。因为，你要相信，这就是它原本的样子，一条随时在改变的道路。而你，行走于此，惴惴不安，又满怀感激，就像梦瑶一直在说的那一句——

经必经之路，你会见到该见之人。

你吵赢他，然后输掉他

心碎成饺子馅的时候，谁要问对方要不要趁热吃？

　　在爱的旅程中，我们做得最多的事儿不是接吻、喝咖啡、看电影；也不是刷碗、参加聚会、探讨未来，我们做得最多的事儿肯定是——吵架。

　　吵架，人类最擅长的一项古老运动。这项非奥运会运动项目历史悠久、源远流长，毫无场地限制，一触即发，让人欲罢不能。尤其是当一个男人遇上一个女人，往往是棋逢对手、将遇良才，场面激情四射、叹为观止，吵到高潮处，分的不是你对我错，而是你死我活。

　　一个来自火星，一个来自金星，男人和女人，天生隔着无法逾越的鸿沟。当他们相遇，一起来到地球上生活的时候，他们发现自己的世界完全不是想象中的世界。在看待关系和对方的言行上，他和她永远存在着矛盾。

　　有些是大事，如：假如我妈和我同时落水，你该先救哪一个？相遇纪念日为什么忘记了？有的是小事，如：挤牙膏为什么不从尾巴开始？马桶盖为什么总要掀起来？碰撞、分歧、吵架这些事儿，就如同一个胖子待在炎热的夏天，身上的汗水会不知不觉地流淌，永远也无法擦干净，总是会阴差阳错地发生。

接二连三的窘境、烦恼、压抑让你困扰，是否嫁给了错的人？其实我们如果从科学角度理解男女本身的差异以及立场之别，换一种思维去衡量，你会发现事情并没有想象得那么糟。

以下这些场景你是否熟悉：她讨厌他在客厅乱丢东西，他却指责她用七零八碎的东西把车里搞得一团糟；她在做出门前的化妆准备，他早已收拾停当等得不耐烦；她筹划了很久周末双人浪漫夜，但他却兴奋地呼朋唤友；她跟闺蜜约好泡温泉，他暗示她应该跟公婆共度周末……

吵架的最高境界是：妙语连珠，妙趣横生，甚至有吵上床的，才真的是妙不可言。吵架的最低境界就是：明知道已经到达对方的雷区，但没有一个人决定小心绕过，而是抱着同归于尽的悲壮，一脚一个坑踏踏实实地踩下去。

有个烂俗的比喻，说吵架像往墙上钉钉子，最后的道歉就像是拔钉子，钉子拔掉了，但是眼儿还会在。

吵架这个事儿，往往要与愤怒联系在一起。而所有愤怒，本质都逃不开对自己的无能为力。在不断争吵的过程中，我们小心藏好的旧伤、虚弱、短板被最亲密的人翻了个底朝天；对他充分敞开、让他自由出入的柔软角落，本应该被呵护成看星星的小树屋，一架下来，全成了马蜂窝。

心碎成饺子馅的时候，谁要问对方要不要趁热吃？

男人和女人处理信息和传递信息的方式不同。因为彼此不能了解背后的含义，很多时候，就如鸡同鸭讲，吵架就成了难免的事情。普遍说来，男人注重逻辑，注意力向外，强硬却简单，属于线性思维；而女人则普遍感性、敏感、富有想象力，疑心重，在乎外人对自己的评价。所以，男人不能理解女人在吵架中的行为：喜欢翻旧账，怎么恶毒怎么来，平日百般优雅此刻只剩下失心疯？而女人的逻辑是：我要用极端的方式来引起你的关注，最决绝的话，最后悔的词语，逼你幡然领悟承认我最重要，给我温柔。

理论难以解脱情绪，这些事后诸葛亮能成为创可贴，并不能拯救血肉横飞的吵架现场。所有的预防和自律，都应该发生在事前。

所以，你首先要接受一个常识：吵架是不可避免的，也无须避免。男人不可能百分百地了解女人，女人也不可能百分百地了解男人。这是永恒的真理。也正因为爱情里产生的角色错位，由此引发的喜悦或者感伤，才让我们的故事曲折有趣，我们的未来值得期待。

在关系的初期，吵架对了解不深的情侣其实是特别好的事情，吵架能把真心表露出来。表面上，吵架将两个人的距离拉大，其实是一种走进对方内心的最简单粗暴、又直接有效的办法。那种"我用完美妆容面对你，你用熟练技巧应付我"的恋爱，两个人谁也看不见真的。在最初的阶段，惹你生气那个，才是你最在乎的那个。结婚前互相拘着面子，你好我好大家好，摘下面具的那一刻，才会有剧烈大事发生。

　　当两个人感情趋于稳定，却还争吵不休的时候，你就需要反思最深层次的核心——当产生分歧的时候，你是否做过反思。想想看，你在伴侣面前的反应，让他（她）时常感到甜蜜，还是眉头微锁？你能否让爱的感觉不时流动，为对方动情？你能否让对方暗暗把你放在心上最重要的位置？不要对他（她）求全责备，两个人感情如何，不取决于对方是否完美，而取决于你们下了多大决心，要跟对方好好沟通，不管有什么问题，也要一起面对并解决。

　　争吵的时候，要用很小的声音提醒自己冷静。适当的沉默或妥协，并不是软弱，而是为了避开"拔剑四顾心茫然"的糟糕时刻。和谐愉快的生活，需要充沛的感性，也需要不断学习改良自我和理性。时刻记住一句话：男人需要足够的了解，女人需要足够的关爱。不断重复"虽然我们有分歧，但我依然爱你"，这才是伴侣应尽的职责。

做，不爱做的事儿

婚姻是一场克制自私、不断成全的漫长修炼。

我的好朋友博博，大学时代谈了一个男朋友，家里条件优越，准婆婆总是一副表面关怀实则优越的面孔——"一个人来北京求学挺难的，好在我们家谁谁是北京人孩子……"好什么好？她并拢双腿露出七颗牙齿听了五年，确认自己真的无法接受，临阵逃脱。

分手后她找了一个 IT 精英王磊，人高马大会吃会玩，唯一问题就是家境差了点。

还没结婚，她的父母就陪嫁了一辆宝马，说："磊磊靠自己努力在北京买上房真不容易，车我们家管了，应该的。"

婚后第一年，她就去了俄罗斯驻外，离开北京两年。其间省略一万字，再见面得知她挣的那几十万元，被老公说服，给公婆在当地买房了——"我心疼得牙病都犯了，但想到他们在那边住得好了，也不惦记来北京黏儿子，算了！"

回来她很快怀孕了，王磊正处于事业上升期，加班到九十点是常事儿，每天回家她都是独守空房，就在我们闺蜜都要龇牙咧嘴磨刀霍霍的时候，她贱贱地说——"工作忙总比去东莞强，他忙一点，我才有钱住高大上的月子套房啊！"

类似的事儿真的一抓一把。王磊挣挺多，但花销也大，她说："没事，三万多元的音响我也在听啊，他去欧洲旅行能不带上我吗？当微博抽奖抽到的。"王磊一开始就提出了家里财政 AA，她说："其实我父母觉得这种新型模式不好，但我努力说服半天无果，我想开了，自己看上啥就可劲买，自由！"王磊喜欢跟朋友一块去旅行，两个人一起旅行比较少，她说："刚开始一直甩脸，后来发现，几对夫妻一起出现，老公就比着对老婆好，也有惊喜的呀！"

本着"独立不羁爱自由"的闺蜜团已经拉黑她好几次了。我们每每为她的怒其不争咬碎钢牙，但又不得不对这种"给自己找平衡的智慧"由衷点赞。

渐渐地，我们发现妥协并非只带来添堵，凡事都是有两面性的。

因为花销大，王磊练就很好的品位，每到节日博博秀出的礼物，都让我们无比嫉妒；因为 AA，她逛老佛爷和银泰的时候从不手软，吃米其林主厨也是来去自由，让我们这些斤斤计较的管账黄脸婆捶胸顿足；因为给公婆买房，公婆很念她的好，从不刁难。

某个下午茶时间，我又因为某个小事儿为博博的大度给跪了，她突然变得严肃："其实我也有很多不满意，很多生气，我也跟你们抱怨婚姻，你们都不记得了，只记得我最后的决定。但每次在我抱怨结束、冷静下来的时候，我都问自己，你当初爱上他什么？阳光、不教条、不势利，给我惊喜，让我快乐。他现在改变了吗？没有。那我在抱怨什么？"

不禁地，我的表情也变得严肃起来。

她嬉笑怒骂、哆萌痴疯，而在此表面下，她更多的是冷静和理性。

当初你爱的是他的谨慎保守，现在你痛恨他喜欢干涉你的自由；当初你被他的小浪漫吸引，现在抱怨他对谁都是万人迷。你一上班就地打开 QQ 跟闺蜜吐槽一万遍他赚得太少，可当初嫁给人家的时候你很清楚人家不是高富帅啊！

有人说，爱情到婚姻最可悲的一点是，恋爱的时候，优点放大、缺点屏蔽，婚姻阶段，缺点膨胀成银河系，优点变成海底泥。

其实还有比这个更可悲的，那就是连当初的优点带来的好都变成双刃剑，想来想去都觉得自己领证那段肯定遭遇了车祸间歇性失忆。

我们总说"不忘初心"，却不知道下面还有一句——"而后承担"。

所有表面上看起来的妥协，都是思量过后，退一步对对方的成全。不对等的经济观念，过于复杂的家庭关系，可能失败的育儿理念，你可能都是不喜欢的。

但是你是喜欢他的。你站在他的角度，从他的出身、教育背景、生活经历，甚至他的懦弱、担心和自私去看这个问题，你会理解他，甚至怜惜他。

最重要的，是你珍视你们之间的关系，那些不爱做的事儿折磨你，但你宁愿被这些东西折磨，也不愿意遭受失去他的折磨。

妥协，其实是内心强大的人才能做到的事。

　　我在微博里看过一句话，对于那些你认为死教不改的人，你终于失望放手就走，他觉得你是应该的、理所当然的。但若当时你没有，你坚持了，选择留下来，他表面不动声色，内心会深深地触动。

　　对仇人尚且如此，何况你的爱人？

　　婚姻里的每一份付出，每一次妥协，每一次成全，都会有回报。在你想不到的时刻，用你想不到的方式。所以，幸福的婚姻里，你真该听听佛祖的话，拿出点大气，拿出点高姿态，咬碎槽牙的时候摸着念珠默念万遍"吃亏是福"。

　　在电影《革命之路》里，展示了婚姻真正绝望的境地——我们已经不能交流，也无从妥协。我想跟你说话，你却茫然仿佛失聪。你想触摸我，伸出的手指却融化在空气边缘。我在深夜痛哭着推门跑出，荆棘划破我赤裸的脚，你惊愕，却感受不到我的痛。

　　在那个悲凉之境，你想为对方做些你曾经不爱做的事儿，却没有了机会。

　　我们所谓的婚姻，不是发生在婚礼的那一次宣誓，而是发生在生命重要时刻好几次变化。第一次，我们跟他结婚；第二次，我们跟他各种习惯和生活方式结婚；第三次，我们跟他的父母和背后的家族结婚；第四次，我们跟他所有的社会关系结婚，直到这些全都完成，我们才是真正的合二为一。

　　婚姻是一场克制自私、不断成全的漫长修炼。

　　陈奕迅唱着，"你不要失望，荡气回肠是为了最美的平凡"。但最美的平凡并不是"从此公主和王子就幸福地生活下去",最美的平凡不是一潭死水、波澜不惊。恰恰相反,最美的平凡也饱含惊心动魄、暗流汹涌,你们会一次次走到绝境,又绝处逢生;你们一次次感到山穷水尽,最终又柳暗花明。

他爸妈就是无比小农、计较、还死爱面子,看你不顺眼分分钟。

他那帮狐朋狗友,说是联络感情加强人际关系,其实就是夜夜寻欢已有贼心在找贼胆。

对了,他什么时候干过点儿家务?

当然,你也不可能是百分百完美人妻。

乒乓球大的芝麻小的对方任何事儿你都要指指点点,横加干涉。

吵起架来对方的自尊被践踏成雨中一摊烂泥。

你为虚荣付出的坏账,你管教孩子时的偏执,你因为安全感缺乏做出的各种荒唐事儿,只有你自己知道。

但你们依然磕磕碰碰,相互憋着那口气,却要拉对方一把,继续跑向远方。

爱的最后归属是责任,而责任不是做你爱做的事儿,而是做你不爱做的事儿。

你万般不爽,你当街痛骂,你失声痛哭,你默默无语。但最后你回过神,决定再妥协一次,秋后再算账。

这就是幸福的爱情。

你可以撬动地球，但不会战胜人性

人生贵在不知道。

在 2009 年，我采访了中国身价最高的雕塑艺术家——向京。她广为人知的《一百个人演奏你，还是一个人？》在 2012 年创造了中国雕塑单品拍卖最高价 620 余万元。除了她的作品，让人们津津乐道的，还有她跟同为著名艺术家丈夫瞿广慈隽永的爱情。

他们相识于大学阶段，向京是北京人，瞿广慈是上海人。瞿广慈成名很早，大学时代作品就已经被中央美术馆收藏。毕业之后，他们在京郊一间平房里结的婚，向京应聘去做了一本杂志的美术编辑，朝九晚五，瞿广慈每天上下班开着一辆小破车接送，常常是加班到很晚的向京下班敲他车门玻璃时，瞿广慈脸上盖着报纸，已经在车里睡着。

单调、重复、麻木，为升级奔波，没有大量空余时间，这样的生活状态对艺术家来说是致命的。1998 年，两个人做了一个壮士断腕的决定，离开北京，回到瞿广慈的老家，去上海大学美术馆做老师。向京说，开着一辆破吉普，带着两条狗，离开生活了二十多年的城市，是她一生最大的冒险，也是她婚姻中最惊心动魄的时刻。

在当时她跟我诉说这些故事的时候，她已经做出享誉亚洲的"女性身体系列作品"，在艺术品市场价格不断飙升的好时代，他们夫妻共同赢来了一次生命中的辉煌。瞿广慈又跟随向京回到了北京，开办了他们的工作室。那一年，他们已经结婚十几年，没有孩子。

采访结束后，事件还很多，在 798 她的展览后台，聊了很多生活琐事。其实我最好奇的是，艺术家的感情生活大部分是非常极端和动荡的，而结婚十几年，没有孩子作为纽带，他们的感情如何保持如此稳定？

我半开玩笑半认真地问出了我的问题：从头到尾，瞿广慈是充当了你经纪人的角色，代理你一切的推广活动，应酬多多，曝光多多。他也处在男人最好的年龄，你不担心他出轨吗？

她哈哈大笑，说，首先，他也不会因为我天天担心就不出轨了吧。而且，为什么出轨那个不是我呢？

然后，她跟我说了一个故事。

当时，向京身边就有这么一个男朋友，有老婆，又有女朋友。女朋友很痛苦，找她倾诉，向京跟她说，这事要最后有情人终成眷属当然好，要没成，这种男人，不要也罢。然后向京又遇到了这个男朋友，男朋友也跟她倾诉自己的痛苦。向京说：你活到四十多岁，对生活还没有认知高度啊。他回答：我有啊，很感慨。向京说：活到四十岁光有感慨，没有感悟，你真白活了。人生说白了，无非就是一直处在选 A 还是选 B 的过程中，而不管选哪个，都要勇于承担这个选择带来的相应的一切。勇于体验，就要敢于承担。同时选择 A 加 B，本身就是选择了麻烦。

我们从中午十一点一直聊到下午四点，夕阳西下的时候，瞿广慈打来电话，问她晚饭的安排。我突发奇想，说能不能让我跟他说几句，问问他这个问题？

向京爽快地说，你来。

我简短地说明了情况和前因，问了瞿广慈几个问题。

问：现在要推广两个人的作品，应酬较多，是否觉得出轨概率变大？

答：首先我不觉得常常应酬的人容易出轨，我觉得封闭的、压抑的人更容易出轨。

问：怎么给太太一个证据或理由，让太太对你更信任？

答：女人是很敏感、细腻的、对感情要求很高的动物，如果丈夫心理发生了变化，根本不需要证据，她很快能感应到。如果一个人死盯着另一个人，非要拿出点证据来证明他爱她，那我觉得这段感情本身已经出问题了。

问：怎么看待她洒脱的回答？

答：如果你问一个感情不自信的女人，她肯定不会这么回答。而向京是个对这段感情有自信的人，她这么回答我不意外。

问：你觉得这种自信来源于什么地方？

答：来源于我们之间的信任，共同的认知高度。

当我挂了电话，打算把答案转述给京听时，她大笑着摆手说："不用！人生贵在不知道。"

这是那次采访最震撼我的一个时刻。这句话对我的影响，直到现在我还常常回味，在成长的过程中一次次更新对它的理解，在生活的很多时刻，它都突然灵光一闪，让我放慢脚步，仔细品味。

"人生贵在不知道。"但在婚姻中，哪个女人不喜欢刨根问底？

刚开始，我们喜欢问自己：我真的爱他吗，爱他什么，比爱谁更多还是更少？后来，我们会问他，你爱我什么，会不会永远爱我？

这些问题就像一个魔咒，让我们终日惶惶，疑神疑鬼。于是，我们变成一流的侦探兵、二流的编剧、三流的催眠师。我们在对方洗澡的时候紧张地翻开他每一条短信，我们在温柔缠绵后百般诱发他说出过去的情史，我们甚至不惜假扮陌生人勾引自己的爱人，做出后果不堪设想的荒唐事。

我们千方百计找出证据，最后的结果肯定是印证自己的悲观，印证对对方的失望。

所以，你那么迫切，到底想知道什么呢？

我们生而为人，注定有自己的卑劣和脆弱。你苦苦追寻对方不完美的证据，就已经证明了自己的不完美。千万不要考验人性。爱情不是试纸，试了一张不会有第二张，若你想做个疯狂的赌徒，你唯一的下场是满盘皆输。

在婚姻里，有些问题是不需要问出来，也不会有答案的。

《咱们结婚吧》里苏青的扮演者王彤说，人的一生会遇到很多心动和缘分，回避是没有意义的。而是找一个办法，慢慢走过去。

她和丈夫刘江迄今为止，相濡以沫二十年。刘江对"七年之痒"这个问题的回答是这样的："七年之痒怎么解决？没法解决。你比别人少痒一点，就是胜利。"刘江说："爱王彤是我的幸运。"

周国平说过一段话，大概意思是，若宽容不能解决的，苛求更不可能；若是信任不能解决的，怀疑只会让事情坏得变本加厉。男女肯定有沟通的巴别塔，我们对于伴侣就是有自私到冷酷的占有欲，媳妇和婆婆有天然立场的对立，诱惑难以避免，有物种就有资源的竞争。这些都是人性，最好的办法，是跟人性保有一定的距离，对它客气，和平共处。爱得放松一点，甚至爱得钝感一点，才是人生的智慧。

在没结婚之前，我们迷信爱情，把它当作一种神秘的信仰。爱情究竟是什么，从化学意义来说，它只是一种靠多巴胺维系的东西。时间长了大脑会产生疲倦感，或者减少多巴胺的分泌，最后干脆罢工，停止分泌这玩意儿。这个期限是——四年，四年过后，爱情最好的结局就是变身亲情、友情或是其他什么情。爱情的生有一万种方式，而爱情的死却只有这一种。

阿基米德说，给我一个支点，我可以撬动地球。但他如果遇到弗洛伊德，弗洛伊德肯定会对他说：你可以撬动地球，但你战胜不了人性。

所以，不要再追问，唯一的重点是，好好爱下去。

不求开端多么美好，只求结局并不潦倒

所有的路都是必经之路，而我走到今天，不是为了跟你走一段，而是陪你走下去。

芳芳，有房有车，高白美，年过 35 岁，待字闺中。天天张罗着我们给她找对象，我们也在卖男孩的道路上一直加班加点，策马飞奔。她要求很具体，40 岁以下，初婚，有房有车，身高 180 厘米，最好是从事理科工作的，要会做饭。某日，我们终于网罗基金男一枚，通过严格检测都达标，欢天喜地地送了过去相亲。

次日闺蜜问感觉如何，她说："感觉不错，人也温和……但还是算了。"

我都要怒了，努力平静口吻："为啥呀？"

回答："他有点喜欢抖脚。"

还有一对朋友，恋爱都谈了四年多，临到婚礼筹备阶段，分手了。我们一猜就中，果然是婚礼细节没有谈拢。女孩妈妈苦口婆心地说："你现在想清楚了，你不是要一个婚礼，是要一种生活品质。最爱你的时候都没有钻戒，该当女卓的时候都没当，一辈子的女仆一眼可见。"

一帮朋友没一个能说出句反驳的话，女孩哭得伤心，我们面面相觑。

越了解世界，越懂得自己，要求越精确狭义；果酱面包和心灵鸡汤越来越难以平衡，承担的风险倒是越来越高；社会参与的建议越来越吵、选择越多却让人越无措。现代爱情，到底是让我们变得更加幸福，或者是更加不幸？这真是个值得想一想的问题。

悲观阵营的人认为婚姻已经走向穷途末路，不断攀升的离婚率显示出道德败坏和责任感缺失；但乐观阵营的人持相反观点，离婚率攀升，恰好说明婚姻制度正在向更加尊重个体发展，婚姻像 20 世纪那样饱受禁锢才是悲哀。

不管怎样，婚姻关系在今天受到前所未有的重视，不管娱乐节目风起云涌，江苏卫视《非诚勿扰》依然稳坐卫视同类节目收视率第一的交椅；电视剧充斥的主题关键词逃不开婆媳关系、剩女、离婚；法制节目越来越倾向于家庭调解节目。现代婚姻，人们对它寄予巨大的热情和期待，在一点挫折之后，产生的失望又超过了以往的任何时候。

看过一篇美国婚姻发展史的文章，美国婚姻历史发展经历了三个阶段：1850 年左右的"制度化婚姻"，个体农户是最普遍的家庭形式，人们对婚姻的主要需求围绕着"吃、住、免受暴力侵害"；1850 年开始，男性越来越多地出去打工，社会分工差别扩大，在足够的基础和条件后，人们追求"友伴式婚姻"；1965 年左右到现在，婚姻的制度色彩在淡去，美国人日益重视婚姻中的"探索、尊重和个人成长"，婚姻变成"自我表达阶段"。

　　所以，当我们喊出"我不一定要结婚，但我要因为你成为更好的人"这句话的时候，只是在走别人走过的老路。这没什么不好，但问题是，我们追求的到底是"一开始就认定的完美"，还是"携手探索丰富多彩、纷繁复杂又激动人心的漫长一生"？

　　婚姻是一个动态的过程，若以人性的喜新厌旧本性来衡量，确实非常漫长。它不是一部深刻的微电影，几分钟年华散尽，天真换一根烟的光阴；它更像一部电视剧，絮絮叨叨、跌宕起伏，偶尔峰回路转，又悲喜交加。对于电视剧来说，开头的基调往往不是结尾的暗示，更不是整个作品的全部，如果说这是一部好作品，它肯定不止有一个流光溢彩的片头，它所有美好和温暖的点，应该是分散在整部电视剧里，含蓄又暗含品质。

　　我亲眼目睹过一对朋友的婚姻如何从一开始的混乱走向井井有条。女孩是我大学同学，在一次文化活动中认识了年长 12 岁的赞助品牌老板，对其一见倾心。女孩对老板展开了热烈追求。这其中到底几分是崇拜，又有几分是现实，难以分清，但老板的态度还是很矜持的。他们保持着这种你追我赶的节奏一直到走进婚姻殿堂，婚后女孩还几次拖着大箱子站在我的门口说过不下去了，后悔，想离婚，但因为没有原则性的问题，也没离成。

　　再度联系已经是三年之后，发现女孩的婴幼代购店做得风生水起。

彼时她有了一个可爱的孩子，问到这么忙还开淘宝店，她说，老公公司的员工来承担打包，她研究育儿攻略的时候，老公就在旁边哄睡。说这话的时候，她满脸的幸福。我忍不住问，之前那些矛盾呢？

她先是有点茫然，后来明白我的意思，她认真地想了想，说："不知道，好像是慢慢就消失了。"

在一次一次的拉锯中，一次一次的坦白中，在眼泪和控诉中，两个人表面看起来在把对方推开，其实是用反作用力往前一步，靠对方近一点。隔阂的消失，就像冰雪终于遇到春天，但春天是怎么来的，哪个确定的时刻出现的，我想，他们自己也不一定说得清楚。

但至少它说明一点，上个阶段不好，不代表下个阶段也很糟。在感情的不完美时刻，如果你立刻偃旗息鼓，择地再战，那你的感情可能很难长久。

美国一个导演，用 40 多年的时间，追踪了不同阶层的 10 个家庭，他最后得出的结论是，中产阶级那种看似乏味的婚姻反而带给人最长久的幸福感，这样的婚姻，往往伴随一个平凡的开头——门当户对，受教育程度统一，彼此从好感一起经历，基于共同的价值观而结合。他提出了一个问题：所以，是理性的人更容易获得幸福生活，井然有序，一切都在掌握中？还是感性的人更容易有幸福，生活走到哪里算哪里，随心所欲？

这种问题永远有相反的答案，很大程度取决于各人对幸福的定义。但他认为有一点是可以肯定的——"表面上的有序看起来乏味无趣，但是在有序之中却有游刃的空间；而表面上自由随心却带来后续的混乱，最终是否能拥有自由和惬意却是未可知。"我们只知道羡慕精英阶级表面上所拥有的更为丰富的物质基础和社会资源，也要研究他们为家庭生活的传承保持的特质——愿意共同探讨和修正的意愿、韧性、等待的智慧以及宽容。

芳芳还是频频相亲，继续总不如意，甚至开始没有一个人能让她继续聊下去的愿望。某日出门办事，外面突然大雨，遇到了很久之前的一个相亲男。

用她的原话描述，这个相亲男见完之后都想不起来他穿什么衣服，还谈什么心动？

彼此有些尴尬，但又不能不说话。哪儿也去不了，天色又晚，就钻进边上一家韩国烤肉店，边吃边随便聊。相亲男说起了对她的印象不好，因为他讨厌优越感太强的女人；芳芳也不甘示弱，说没见过哪个男人第一次吃饭就要 AA。他们从坦白对对方的感受开始，聊到共同的海外求学经历，吐槽北京的雾霾和公司的国人规则以及逼婚的爸妈……玻璃窗上是白茫茫的雾气，他们一边假装大口喝酒（实际只是很小口地抿），一边谈着各自的得意失意……闺蜜说，那天晚上，不仅仅是对他刮目相看，对之前相亲心态的反思，也渐渐深化而明确起来。

人生苦短，在虚度近三十年后，我越来越发现，多给对方一点机会，就是多给自己一点机会。对万事万物都保有某种宽容和松弛，才是这个支离破碎的世界里最好的治愈。

放下要求，放下戒备，在感情里，只追求感情本身。我们罗列了太多的条件，说到底，也是要找到一个闭上眼依然清晰可见的人。身体的、物质的，外在的、社会的，身体带来刺激快感，终比不上灵魂坦白时候得到的精神解脱；白天你泡在微信里，给你带来 300 个赞的钻戒，也比不上深夜你噩梦惊醒时刻拥抱你的双手。在婚姻里，能够随心所欲地描述内心感受，并能得到呼应，已经是最纯净又最丰富的回馈。

在要求他人之前，我们应该先要求自己，感情到底是伟大的成功，还是巨大的失望，不仅仅取决于对方，还取决于你在这段关系里有没有投入足够的时间和精力，付出耐心和信心。

所有的路都是必经之路，而我走到今天，不是为了跟你走一段，而是陪你走下去。所以，不用追求开端多美好，结局不潦倒，才是一种庆幸。

■ 第六章

修行不是修美梦，是修梦醒

这个世界上，大抵没有完美的人生。我们带着与生俱来的巨大缺憾在人间行走，没有人不经历苦痛和磨难，每个人都有其无法摆脱的人生困境、不能解决的问题。我们学习、修正、祷告，并不是贿赂神灵；我们在人生中前行修行，不是修一个万寿无疆、万事如意的美梦，而是修一种不管在任何困境里，都能再度站起，面对人生并从中汲取养分，百折不挠走下去的乐观和勇气。因为，所谓幸福，并不是你人生所有故事都有完美结局，而是在每个故事、每种境遇中，你都有面对和调整，从中感知积极的能力。

三十岁前，她从未真正快乐

青春让我们付出大量沉没成本，但终会以各种我们想不到的方式回报我们。
生命是一场马拉松，我们不应该只追求第一圈的领先和速度。

大学毕业，我做起了采访人物这份工作。我采访到的第一位成功女
性，是天地控股有限公司 CEO 付文丽女士。她身价上亿，年轻美貌，单身，
是真正的"女神"，在房地产被炒得日新月异的 2008 年，作为地产老总，
她一时风头无二。

我们在鹿港小镇卷石天地见到了她，偌大的空间，她从种种艺术品
中向我们走来，流光溢彩。寒暄之后，我开始不知道怎么跟人家发问，
紧张了一下，脱口而出的竟是："您这么美，这么有钱，为什么就不结婚
呢？"

她的回答让我更不知道怎么再问下去——"我结过婚啊，毕业就结
婚了。只不过，很快离婚了。"

那期的内容本来是关注她的事业，一下完全被打乱。

她说，她 21 岁开始谈人生第一段恋爱，毕业就订婚，26 岁就正式
步入婚姻殿堂。她的婚姻用现在我们流行的话，典型的娇娇女遇到凤凰男。
她的父亲在国外、母亲当医生，从小衣食无忧，先生非常有成就，但习

惯了从小的苦日子。

"我的先生当时不只有房有车，在北京和洛杉矶都有别墅，但就是这样的家境，他让我换乘好几趟公车上班。他不请保姆，要求我做所有的家务。他的理论是：有钱也不能惯着你。他对我要求很高，比如说做一个汤，就一定要放淀粉，可我不喜欢淀粉，从来不吃淀粉。结果有一次我做汤没放淀粉，他拿起一罐淀粉咕咕全部倒进去。我觉得很恶搞，忍不住哈哈大笑，他却气到歇斯底里。"

这样的生活让付文丽觉得如坐牢笼，更想在外面的世界获得一席天地。但她每到一个单位，前夫都认为领导看上她是心怀歹意，百般阻挠。那段时间她频频跳槽，回家就是吵架，彼此都很痛苦。她想，真的缘分尽了。离婚的时候，她没有要前夫一分钱，那一刻，她就明白，这个世界上，父母不能管她一辈子，老公也不可以，她要靠自己。

后来的奋斗史，很多媒体都提到过。刚开始她只是个程序员，在名校云集的公司，普通大学毕业的她从录入员做起。她用一个星期，就把打字速度练到了七八十个字一分钟；她去政府找人盖章，踩着高跟鞋一站就是四五个小时，为避嫌不敢喝别人的水；单位程序员突然跳槽，她拿出了看家本领临危受命，好几个通宵不睡编出了程序，却没有要求涨工资。

我问她，回顾自己从频频跳槽到来到地产公司的十年，她想说什么？

她说：太累了。

之后，她到了地产公司，这披星戴月、天天公交地铁的十年没有辜负她。那些苦难里学会的一切，让她走到了后来的位置。一次，前夫在晚宴遇到了她，他平静地说，她有今天他一点也不意外——"只是，世界上最好的东西离我而去了。"

采访到那儿就结束了，我关上了自己的录音笔。临走的时候，我忍不住又问了一句："你现在快乐吗？"

她说："快乐。但 30 岁之前我没有真正快乐过，而这种快乐也特别短暂，从不彻底。我觉得很多事情都很不顺，全世界都在跟我过不去，倒霉的事情都轮到我……但最困难的时候我想，我一定会战胜它，我不会死的，我会活下去。"

她说，30 岁前她没有真正快乐过。说这些话的时候，她的微笑如此松弛。

大家都在怀念青春，但事实是，年轻的时候，我们都挺郁闷。我们满载着理想，却吃不起一顿好的牛排；我们有最美好的身体，却往往浪费在不值得的人身上。我们满世界找自己的位置，怎么努力也看不清前面的路。周围的人一个个得到了想要的，我们心里无比着急，嘴巴上还不能承认。

高晓松说过一句话，青春狼狈如丧。

我们努力赚钱，自给自足而后才能谈得上独立，开始慢慢告诉妈妈什么是我们不想要的；我们工作渐入佳境，开始有了重新选择的筹码。在我们对于物质有所积累后，我们才开始从容，有余力为喜欢的人做些什么，有底气去谈责任。

所以，谁敢说 30 岁不是一个好年华？

30 岁之后，我们不再把自己当弱者。工作起来披星戴月，蓬头垢面，毫无怜惜。IQ 和 EQ 来回倒手，在热爱的事情上女人就该像男人一样披荆斩棘。

30 岁之后，我们开始自我修正。我们不断反思自己，了解自己，然后学会宽容自己。在人生一次又一次分岔口，我们冷静下来，审时度势，自我训练，快速增值。尽管起点不同、身份各异，但就像经历痛苦磨砺的珍珠，在沉沦中我们慢慢显现光彩。

30 岁之后，我们开始具备一些面对苦难的能力。人的一生中，几乎不可避免地都会涉及压力、抉择以及失败等痛苦，年轻的时候，你怨恨、攻击，甚至逃跑、沉沦。但老了一点，你会更坚忍，更懂得拯救自己，在被人像草芥一样丢掉的时刻，你依然视自己如珍宝美玉。

30 岁之后，我们学会热爱自己的身体。我们终于找到最适合自己的粉底色号，不再轻易尝试廉价品牌，洗完澡会给身体每个角落细细抹层润肤品，说一句今天你辛苦了。我们不再那么迷信锥子脸、34D 和自拍。

相由心生，那些经历、教养、品位，我们遇到的人，内心有过的感动和成长，都变成了我们的一部分，成为外人读取我们的信息。

30 岁之后，我们更懂得爱与被爱。

青春让我们付出大量沉没成本，但终会以各种我们想不到的方式回报我们。生命是一场马拉松，我们不应该只追求第一圈的领先和速度。恰恰相反，在咬牙跑过最疲倦的路程之后，身体适应了新的节奏，得到了释放、松弛和和谐，这场长跑才真正成为享受，让你有闲暇来欣赏一路上的好风景。

所以，请坚持跑过一次次必然的逆境，然后，在皱纹来临之时，你会感恩。

被偷走的那些年

你所辜负，终要偿还。

唐，大学时代桀骜不驯，多才多艺。一次打赌，跟室友下注要追到隔壁系的系花。一段时间又是送花又是请系花室友吃饭，真心假意地一些感人之举。最后，在大家一片艳羡眼光中，唐抱得了美人归。

一段时间内，唐真是竭尽炫耀，带着系花去上自习，凌晨拉着系花去赴局，在学校东门的小店啤酒烤翅、不醉不归，周末踢完球，袜子和脏衣服嬉皮笑脸就递给系花。那是荷尔蒙、理想和海誓山盟的年代，花钱很少，给人带来的存在感却最强。唐觉得自己几乎就是上帝，谁说女人拜金？一对 925 银的项链就把她锁得死死的，心甘情愿。

转眼到了毕业季，唐有留在武汉某报社工作的机会，系花也打算在武汉一家外企就职，一切在往即将尘埃落定的方向发展。这时候，突然来了一个通知，北京一个区县政府来这所大学面试，获聘者会得到北京户口和公务员身份。

那是首都啊！九点之后，华灯照亮整条长安街的城市！唐没有犹豫就报名了。

过关斩将，得到通知那一刻，他无比开心地第一个通知了系花，系花惊愕，然后沉默。唐很奇怪——"跟我去北京不是很好吗？"

　　唐没来得及搞清楚系花的想法，他立刻开始了为期一个月的入职培训。一个月，系花几乎没有联系他。那个大事小情都絮叨一番，跟室友逛个街还要汇报一声，睡前主动打电话娇气说晚安的女孩好像消失了。他火冒三丈，想着见面才发作。

　　终于见面了，他等到的是系花的分手告白。好像系花想了很久，一开始很冷静，说着说着终究还是哭了。系花说，这些年，都是她跟着他，随着他，但他总是只想着自己，没考虑过她也有梦想，有自己想要的……现在他要去北京了，她觉得自己有点累了……

　　唐话都没有听完，就暴怒了。想要什么就说啊，他是要去北京了，可以一起奋斗，多难得的机会啊。说分手就分手，现在越来越说一出就是一出了……

　　系花慢慢不哭了，眼神有点空洞，好像真的万分疲惫。

　　唐更火大了，突然就把脖子上的项链扯了下来扔在地上——"那你往左我往右，谁都别回头啊！"

　　唐真的不回头地走了，这一走就到了北京，就是三年。

　　三年唐过得并不好，他的意气风发逐渐被单位的等级磨平，恃才放旷在政府是愚蠢的。北京消费很高，他靠着父母毕生积蓄付了首付，月供完微薄薪水所剩无几。没人给洗衣服的日子，他学会了装灯泡、做饭之类的一切。到了谈婚论嫁的年龄，他才知道了现在女孩子的现实，坐在面前先问房子位置和车的牌子，真正开始磨合的几个，过程也各有心思、各自折磨。

某个清晨，他疲倦地从空无一人的房间醒来，昨晚的应酬导致他头疼欲裂。房间太静，突然，他扇了自己两耳光，放声大哭。

他想起了系花，他觉得那时候自己真浑蛋。她把最好的时光给了他，希望被温柔以待，结果……

他偷走了她的那些年，什么都没留下。

那些年他在想什么？怎么那么懵懂又残忍？

人生漫漫，总有一些光景，我们不敢回首，那里藏着他人年华里最好的东西，却成了我们不敢曝光的赃物。

本，毕业之后就说服死党加入自己的小物流公司，他跟朋友说这是新兴产业，一定行。死党从最基本的打包做起，骑着电动车送过货，熬着通宵清过仓。可公司就是一直在亏。两年后某一天，小本终于受不了了，卷款逃跑。

给死党只留了条子，对不起。

小轩，孤儿，被一对慈祥的老夫妻收养。自幼孤僻，却喜欢表演，老夫妻尽力把他送到少年宫。高中毕业，小轩考上了表演系。艺术系学费贵，老夫妻说没关系，我们把公积金都取给你。虚荣让小轩在大学时代也做出挥霍的姿态，入圈后又一直不敢说自己的身世。接到老夫妻生病入院通知的时候，小轩没舍得那部大导演的新戏。戏拍了两个月，风尘仆仆往回赶，小轩却没有见到老夫妻最后一面。

他们，都把别人最好的一些东西，偷走了。

一次去朋友家打麻将，家庭影院断续播着两部白百合的作品。晚上回来搜了一下那部作品，叫作《被偷走的那五年》。细看了一遍，中间哭了，也笑了，最后看得浑身发冷。别人眼里只是偶像剧，可我却看到导演的野心不只于说爱情，还说生死、孤独、托付。

电影的剧情很简单，白百合车祸后一觉醒来，发现自己已经跟老公张孝全离婚五年。但她最后的回忆，停留在幸福的蜜月里。她不敢、困惑、害怕，她找到张孝全、以前的各种生活片段、自己的同事和心理医生，拼凑出自己那五年张扬跋扈地伤害过所有人，甚至出轨的真相。她面对自己的不堪痛哭流涕，张孝全决定原谅一切重新开始。在一切向完美结局发展的时候，白百合车祸后遗症复发，还是命归黄泉。

在影片的最后，张孝全为了让深爱的她不那么痛苦，选择亲手拔掉呼吸管。他紧紧抱着她说"不要怕、不要怕"。爱在那一瞬拥抱一切，让生回光返照。

在我看来，这个电影简直说了一个佛语故事。白百合失忆若不醒来，等于死了，但她"复活"了。但这复活不是为让她在人间欢愉，而是重回起点、检验自己，困惑痛苦、茅塞顿开。然后，她重新回到"死"的路上、逐渐腐烂、自觉去死——为对方幸福甘愿牺牲自己。

她醒来后的日子，像一个梦。这一趟，是为了让她认清自己的错，去弥补、偿还。

前文提到的唐，历经千种不易终于走进结婚殿堂。自视甚高的他偏偏遇上了一个事业型女人，权衡家庭利益后他毅然辞职，回家照顾孩子、拖地洗衣，对妻子也嘘寒问暖，体恤至极。哥们说他十二孝，他微微一笑，毫不分辩。

本，拿着那些卷跑的钱颓废甚久，终于决定重新开始。几番沉浮，他终于建立了华东区最大的物流公司。公司上市第一天，他才敢拿出旧手机，拨通日夜折磨他的那个电话，告诉死党，有一半的股份是他的。

至于小轩，他的那部戏真的让他火了。但他比以前更孤独。所有闲暇时间，他几乎都奔忙在孤独老人赡养慈善基金会活动里，但他心里的那个孤独老人，可能会一直跟在他身后，这条自我救赎的路，不知道要走多久。

我们犯的错，是我们修正自己的开始，是反省和忏悔的机会。你所辜负，终要偿还。我们当时以为侥幸逃开的，终却以别的方式隐藏，让我们付出代价。小到芝麻绿豆，大到生老病死，我们都要走上自己设的审判席，这条路，没有加完正负，永远不会归零。

所以，你若是故事里被辜负的人，也大可不用绝望。能量守恒原则告诉我们，你被偷走的那些年，上帝终会以你想不到的方式还给你。

你离开你自己

人活到一定年龄，一而再、再而三地只关注自己，会陷入某种乏味。

旅行，是一个被粉饰过太多的概念，被赋予太多延展和定义。它是广告里一辆翻山越岭的新款车，是背包客手中三等舱的票根，是社交网络晒出的照片，是文艺青年为失恋开始的逃离。

一万个人眼里，有一万种旅行的意义。

2014 年，张静初的《脱轨时代》上映，那是她 2013 年唯一一部作品。与《孔雀》《尖峰时刻》的时代相比，她的人气不再那么如日中天。我问她，过去的一年她都在干什么，她说你信吗，我真的去旅行了。

她去了台北，跟随路人浩浩荡荡地排队一小时买著名的酒酿桂圆面包；她随便钻进路边一个小店，点上平价的鹅掌、鹅胗、鹅肠、螺肉一大桌；她去看墨西哥版画大师 Posada 冥辰 100 周年的海报展，还细心地找出代表自己生日的一种盐。

她去了西藏。夜宿康定，和藏民一起喝消夜酥油茶，吃人参果加酸奶；她到色达五明佛学院，在一万多常驻僧众组成的红色海洋中央，打坐内观；她躺在海拔 3800 米的温泉池，看着青松蓝天，听着泉水汩汩，心里很安静。

2013 年整整一年，在夏天的英格兰长跑，在秋天的京都看枫叶，在初冬的罗马逛跳蚤市场。但最让她难忘的，是因为拍摄《脱轨时代》而有的以色列之行遇到的一件事儿。

"那天拍摄结束了，我随性地四处走走，听到非常动人的音乐。后来我一直惦记着这个音乐，和他的主人。两个月后我又见到他，就跟他聊了几句。这是一位在耶路撒冷行走了 13 年的流浪者，13 年啊，他一边走，一边做音乐。那里没有掌声，更没人表示惊讶和钦佩，让他去作演讲，大家甚至不会注意到他，他才华横溢但自己却并不在意。"

那一刻，我相信某种改变已经悄然在她的生活中发生。问到来年计划，她又说到了一种旅行——她有个朋友武帕，跟随宗萨任波切到不丹的深山里完成一个半月的闭关，"那是连马都上不去的路，平均海拔 5000 米以上，他步行了三天。那里冰雪覆盖，闭关者需要住山洞、睡睡袋，没电、没信号。我想尝试一下。"

她的演艺事业不会因为这一年的旅行发生改变，她人生接下来要面对的依然是读剧本、找斯坦尼康摄影机的走位、在不同场合展示微笑和礼服，夜深人静的时候卸下浓妆。但是，在无人喝彩的某个尴尬时刻，我想，也许，她会想到那个以色列流浪汉。

2011 年第 287 期的《城市画报》报道了两种旅行。法国人孔斯坦丁，组织了一个十几匹马、十几个马夫的"溜达马帮"，带着自己的老婆和五个孩子，像哈皮村人以前的生活一样——马帮旅行，有舒适的帐篷，成群的马队，绕着滇西北山路走了一大圈，典型的"重要的不是去哪儿，而是怎么去"。还有一种，以 IBE 科学考察队和雅鲁藏布江大峡谷旅游区工作队为首、媒体随行、志愿者共往的浩浩荡荡大队伍，徒步半个月，深入那拉错大本营和峡谷心腹，以及南迦巴瓦山下，探秘拍摄那些独有的动植物珍贵品种。

我深感兴趣，还专门去看了后者在北京的展览，去看他们拍回的那些图片。在这奔腾的怒江、叫不出名字的红嘴小鸟和漫山的厚厚积雪中，我看到某种远远超出"自我"的东西。

人活到一定年龄，一而再、再而三地关注自己，会陷入某种乏味。

特别年轻的时候，我们为了一个好的职位拼命向前冲，为职场里的一些小暗算、小不公愤愤不平；我们努力去爱别人，更重要的是要求别人以相同的热情回报。那时候，我们不顾一切往前奔跑，希望生活在别处。

那时候，我们去巴黎铁塔最高点喝咖啡，我们去日本柯南小镇找情结，我们在丽江弹唱，再去成都涮肥肠。我们把一切上传到社交网络，我们在旅行中充分享受和炫耀荷尔蒙、激情以及饱满的欲望。

人到中年，生活慢慢会被各种事物和现实占满，周围的关系也趋于定型，随着物质与欲望达成某种妥协，慢慢地，一些痛苦也不那么剧烈，只剩下一些心灵困惑。

　　这时候的旅行，开始不再那么需要观众，而是抽离一个环境，反观自己的内心。你不再执着于在景点拍下"到此一游"，你更留意在路上的风景，和邂逅的人。有的人十几年都开着一辆车在路上，结婚生子，不同的孩子有不同的国籍；有的人经营着祖爷爷就开始的小小面包店，到死从未离开过十几公里的小镇。深聊下去，你发现他们各有故事，各有悲伤，各有局限，也各自温暖。在观众席你静静观看他的人生。天光渐暗直到没了颜色，风吹过来，恍惚间你好像不再是你。

　　旅行，让你离开了你自己。

　　我看过一个坐游轮环游世界的作者写的故事，在他的游轮上，有FBI从天而降，抓走了国际通缉犯；还有老人在船上静静辞世，陌生人自发为他筹办人生告别礼；还有一个女孩，在跨年派对赢得最大奖，一张去拉斯维加斯顶级酒店的双人酒店套票，所有人都羡慕恭喜，她却伤心地哭起来，因为她的新婚丈夫一周前死于车祸。

　　人生如此峰回路转又惊心动魄，自己那点飞蛾扑火，其实不值得那么要死要活。

　　廖凡在拿到 64 届柏林银熊影帝之后接受媒体采访，当地媒体问他喜不喜欢冒险、喜不喜欢旅行。他说，到了他这个年龄，一场说走就走的旅行太形式主义了，冒险并非孤身行走荒野或者下潜 100 米深水。"这不再是一种具体的指向，而是一种生活的方式，是否付诸冒险的行动和你有没有危险气质并非因果，重要的是让人看到一种可能。"

这是一种看过了很多风景之后的领悟。

我们不能、也不会停止旅行。因为，就像微博里那段转发上万的话：当你盯着电脑时，阿拉斯加的鳕鱼正跃出水面；当你愁眉发呆时，梅里雪山的金丝猴刚好爬上树尖。当你挤地铁时，西藏的云鹰直入云端；当你与上司争吵时，尼泊尔的背包客已端起酒杯围在火堆旁。这个世界，有一些穿高跟鞋走不到的路，有一些喷着香水闻不到的空气，有一些在写字楼里永远遇不见的人……

但生活不会因为任何一次旅行，发生形式和内核的巨大变化，那是旅行肩负不起的责任，生命不可承受之重。旅行不是生活的全部，只是小插曲、小意外、小停顿。旅行一旦开始，我们的目光就不自觉地投向这个广袤世界，而不是苦苦盯着方寸间的自己。

于是，又一次，你默默决定，离开自己。

准备好的那天，永远不会来到

能承认当下并享受其中，这是一种智慧。

当小桂开始懂事的时候，她最喜欢看的就是湖南卫视，那还是李湘和何炅的年代。有一次，湖南电视台做跨年晚会，李湘和何炅托着一只气球在节奏强烈的音乐中奔跑出场。小桂激动得跟着举起手，托着空气也跑了起来。

高考来临，她一口气报了五个艺术类专业，都通过了。但那一年，她最想去的北广播音系在他们省招考分数奇高。在父母苦口婆心地劝告下，她权衡再三，填报了一所著名的综合院校，学习影视幕后工作。接到通知书那天大家都祝贺她，她却哭了。她安慰自己，没事，起码到了北京，学什么不重要，毕业还有机会。

大学四年，她几乎都混迹于电影学院，做过助理、录音、编剧，客串过小角色，她看到了很多演员的生活，光鲜背后有太多残酷，卸下浓妆就去吃串的大有人在。她的心左边打着鼓，右边被光影带来的晕眩感撞翻。

毕业时刻，她跟家庭陷入激烈拉锯。父母给她找了带北京户口的稳定国企，她手里却握着国内最大影视发行公司的入职通知。准备奔向梦想放弃面包的时候，公司提出工资要减半、试用期无限期的霸王条款，她一下傻了。权衡之后，她选择再度折中：先拿户口，解决了基本生活保障后再跳出来。

进了写字楼，生活就发生了本质的变化，她每天疲于应酬数字、表格、业绩，跟同学们也渐行渐远。她出差时住着星级酒店看电视，同学们为一条娱乐新闻随时待命，熬夜编片；她旱涝保收拿着年终奖，同学们夜戏炸点却没有五险一金；她在商场无所事事闲逛，抬头看到同学的代言照片大得刺眼；她想炫耀自己的隐形福利，同学们在群里讨论投资一部艺术电影热热烈烈。纠结反复和跃跃欲试中，小桂遇到了真命天子，对方很快就热烈求婚。筹备婚礼的时候，她突然陷入巨大的感伤：准备好追梦的那天，到底什么时候会来？

李倩，前半辈子，一直为移民做准备。她调查了各种移民的政策，在投资移民和技术移民之间摇摆。投资移民，她把北京两套房子都卖了将将够，但又不甘心人到中年一切从头开始；技术移民，她好歹考了个国际注册会计师，一考完就升职了，她又有点舍不得。在不断地"进一步准备"中，她的孩子已经读了小学，升上对口重点初中指日可待；父母身体越来越不好，养老问题已经提上日程；她人际关系越发稳定，放弃成本越来越大。在每天继续抱怨北京的物价、空气、政策各种不合理以及移民门槛越来越高中，她继续憧憬着——"明年，明年我一咬牙就移过去了。蓝天白云指日可待。"

等到准备好的那天，是大部分成年人生活里每天的精神信仰。

赚够了就退休，回老家盖两栋土房种块地养两条狗；项目一结束，就离开这个公司，另择高枝；等孩子大点了，就重新拾起旅行的梦，世界环游。

戈尔·维宾斯基影片《天气预报员》里说：成年人的生活里，没有"容易"二字。刘瑜在《被搁置的生活》里，精确地描述了这个状态："每个人的心里，有多么长的一个清单，这些清单里写着多少美好的事儿，可是，它们总是被推迟、被搁置，在时间的阁楼上腐烂。"他提出了问题——"为什么勇气的问题总被误认为是时间的问题，而那些沉重的、抑郁的、不得已的，总是被叫作生活本身？"

在一篇微博里，心理学家武志红回答了这个问题："表面上，这份矛盾，是因为种种现实的理由，其实，它就是源自：一旦真正想得到一个东西，内心就会升起我得不到的心理，可以说是自卑，但比自卑这个词的含义要广泛得多。直接追求幸福和快乐，简直是极大的冒险，类似于将心直接袒露在危险的世界上。"

我们站在孤独的星球，往前每一步，后面的路都要消失。在我们想换个方向的时候，我们举目四眺，面对很多失去的可能。表面上，我们在为了离开做好准备，其实，我们都在幻想中饮鸩止渴，乌托邦不在远方，只在脑海。

蔡康永谈过一次田园生活，他说，他去过埃及，看到金字塔附近的人日复一日耕种，汗流浃背，跟上班是一样的，只是更苦。"都市人总说自己向往田园，但我想他们谁也不会真正去做，田园就是都市人自我安慰的梦。"

所以，当我们不断念叨着"准备好的那天"的时候，是否问过自己，到底想要怎样的生活——适合自己的，或者是最想过的？

适合自己的生活，也许你此刻生活就是。这光景非常平淡，但并非毫无价值，你过腻的生活，也许就存在于他人的许愿中而你却不自知，你的不屑，只是对于持续获得的一种麻木。村上春树在《海边的卡夫卡》中说：我所追求的强壮不是一争胜负的强壮，我不希求用于反击外力的强壮。我希求的是接受外力、忍耐外力的强壮，是能够静静地忍受不公平、不走运、不理解、误解和悲伤等种种情况的强壮。

能承认当下并享受其中，这是一种智慧。

若你想过最想过的生活，等待机会只是徒劳的内耗。从此刻开始，你需要立刻改变。改变你的饮食、作息、思考方式、交谈对象；此刻就起杀心，挥剑刺破头顶并不存在的玻璃罩，对人生吹毛求疵——

不再做个选择困难症患者，在 100 种玫瑰颜色中，确切地知道想画在嘴巴上的是那一抹；找不到心中所要的宁可缺也不会退而求次，也不会满足于替代品；若做到自己喜欢的事儿，不再问回报，能做本身就满足。

　　当然，你选择涂在你嘴上的颜色，不一定是最美的，甚至引人非议；不退而求其次，有可能就连替代品的安全感和满足也没有；你喜欢的事儿，可能让你离世俗中成功者的定义越来越远。

　　奋起追求真心所爱，要付出的不是准备，而是代价。

　　无论怎样，只有用借口搪塞自己，所谓一直做准备的人，什么都不用付出，也什么都不会得到。他们就像自己举着胡萝卜蒙头前行的驴，但并不心安理得，真正的驴，知道集中意志专心当下，对精神无比节省。

　　不等待"准备好的那天"，是一个人的修道，因为不浪费生命，就是人唯一可以求到的长生不老。

敢于悲伤，是终结悲伤的前提

因为碎片，转角处，我们不再借助不存在的、谁的光，我们也有自己独特的一线光芒，打动人心。

小芬，是家里的老大，有个比自己小三岁的弟弟。自从弟弟出生，世界变了，爷爷奶奶只把玩具给弟弟玩，她捣乱，爷爷奶奶也不再把目光转向她这边。她默默走出门，在角落看别的小伙伴玩儿。小学开始，她就非常好强，门门功课都要考第一，考到第二都很生自己的气。

优秀带来光环，那时候，她是闪耀的。

考入大学后，母亲遭遇车祸，失去一条腿。彼时她已经能够通过勤工俭学养活自己，全家商量后的结果是：她付自己的学费，同时每个月给妈妈邮寄500块，聊表孝心。她对这样的决定非常不满意，质疑为什么弟弟花销依然那么大、家庭条件不好还拼着命给他找老师补习英语，让他出国。

父母对她的答复是："你怎么没一点当姐姐的样子。妈妈养你那么大，现在残废了每个月让你出500块钱你都舍不得？你弟弟那么小给他压力干什么。做姐姐的不会爱弟弟？"她无言以对，又觉得反驳无门。她想，对啊，我应该爱弟弟。我不仅要爱他，还要比父母想得更爱他，才让父母刮目相看。

于是，她更加拼命地勤工俭学，不仅承担妈妈的生活费，甚至每个月还邮寄给弟弟一部分生活费。这样一来，全家皆大欢喜。

那时候，她是自豪的。

到了追求美的年龄，其他女孩的穿衣大抵都有一些规律：小清新、波希米亚、神秘风、嘻哈。唯独她，每天都穿得不伦不类，被女孩们嘲笑为小农代表；拼命赚钱让她的姿态不好看，异性朋友也觉得她贪婪。

终于，有一个男孩向她递来橄榄枝，他成绩一般、长相一般，但他温柔、体贴，让小芬觉得被疼爱的美好。在他的爱的激励下，她常常表现出自己最美好的一面——父母以她为骄傲，弟弟喜欢她。

那时候，她是幸福的。

毕业，男孩主动提出了婚嫁，问父母拿了10万元，想跟她在那个小城付个首付，买房结婚。

就在这时，父母告诉他，弟弟屡屡申请不过的出国终于有眉目了，但前提是要拿出20多万元，父母所有积蓄只有10万元，要求她务必拿出10万元给弟弟。父母的哀求是她的软肋，在大家庭的需求和自己的需求间，她说服自己做了个平衡——先把10万元借给弟弟，以后自己赚了还给男友。就当是婚前测试，若他通过，就是爱她的家人如自己家人，就嫁给他。

她觉得自己算有智慧。

可惜男友完全不可以理解。男友惊愕地问了一堆问题："为什么不跟我商量？10万元对我们很重要，为什么不先考虑自己的幸福？"在无休争吵中双方都变得失去理性，男友失望了，提出了分手，但 10 万就当资助小芬弟弟的钱，不用偿还——"如果你那么爱你的家人，也许就是我太自私，这是我最后可以为你做的事儿，对不起。"

小芬傻眼了，她想大喊：不是的，不是的，我不是爱他们，我只是特别希望被爱；她想喊：回来呀，回来呀，我错了，我想跟你有一个完全新的人生。

但所有的东西抵住她的喉咙，她一句话也喊不出来。前所未有的委屈和绝望击垮了她，她第一次感受到了深刻的悲伤，是这样的无力、无能和无可还手。从小到大压抑的一幕幕从眼前掠过，她想了一整天，在凌晨三点惊醒，绝望大哭。

天亮的时候，她终于承认：在极度重男轻女的家庭，她一直是被牺牲的那一方。她尽一切办法想替换到的父母的关注，都是徒劳；那些表面的美好，都是自己骗自己——"我一点也不幸福，我很悲伤，但我要努力活下去。"

自从那次，她变了。父母再让她承担弟弟的学费，她诚实地说能力有限，做不到，父母大骂她自私，她承认——"我确实想多为自己想一点，弟弟有他的人生，我也有我的。"

她不再为了便宜而只买打折衣服，她在自己经济范围认真挑选，找到最适合自己的。

她辞掉了工作，因为这份工作，只让她赚得更多，却从来不是她真正想做的事情。

她学习了时装，这个在曾经认为离她的世界十万八千里的东西。她考取法国一家时装学院，在美的世界尽情释放自己没来得及绽放的青春。在那里，她遇到了仰慕她才华的法国男人，两个人第一次约会后，她半开玩笑说："我有一对厌恶我的父母，以及一个已经习惯依赖我但还算可爱的弟弟。我的童年有很多问题，很多自己都没解决清楚。你还要继续吗？"

法国男人紧紧拥抱她，说："当然，这就是真实的你。"

我问她，什么力量，让她仿佛重活了一次？

她说，就是那个晚上，那个悲伤逆流成河的夜晚。她说，她才知道，原来她有资格悲伤，可以理直气壮流那么多眼泪。

表演我们想象中的自己，非常痛苦，而且漏洞百出，我们走不到最后就会轰然倒下来。一直努力去掩盖却欲盖弥彰，一直在逃避却被迫害得变本加厉，在泪水的巨大冲刷中，我们看到残酷真相——真实的自己，跟碎片一样。我们哭着低下头，一点一点拾起它，这个过程，我们被刺痛，所有沉睡已久的感知慢慢苏醒，我们渐渐变成一个有血有肉的人。

我们重新站起来，全身都不完美，但，那缺点是我们本该有的缺点，而不是过去那个浑身借来都是"别人的优点"武装的人。因为碎片，转角处，我们不再借助不存在的、谁的光，我们也有自己独特的一线光芒，打动人心。

原来，悲伤，才是终结悲伤的前提。

荒诞的梦，我们却活得太过用力

人生充满了荒诞，荒诞的美，荒诞的艰难。而人们在荒诞的梦里，都活得太过用力。

生活里每天都听到女朋友们突发的好消息，类似升职、加工资、出国旅游；也有突发的坏消息，好在目前大部分是感情问题。被爱折磨是所有 20 多岁女孩必经的过程，就跟我们当时经历高考的时候，觉得天都要塌了，现在都想不起自己报志愿的过程。每次看到这些女孩伤心，我都想紧紧握住她们的手，那一切是真实的，我完全懂其中的意义。而我现在目之所及的社会，也很清楚这绝对不是终点。

我很喜欢村上春树，最喜欢的作品之一是《舞舞舞》。语言着实精彩，我仿佛看到 16 楼通往羊男的房间，以及身处深重黑暗中只剩下意识没有躯体的直觉；"六具白骨中"第一个死掉的迪克出现不到三章，但音容笑貌也仿佛可以勾勒，尤其是那种"活着无法觉察死后觉得愧惜"的遗憾；喜喜每次出现，自顾自往前走的时候，都让人想到电影里的慢镜头。

重要的是，在其中他说了一个道理：人的一生中，好的会来，然后是坏的，然后又是好的，好坏好坏，好好坏好坏坏坏坏，好坏好，这两个字是无序排列，我们能做的，只是随时做好准备，以及真正明白"享受当下的一切"。

村上这样一个人，看他的文字，常想他怎么度过日常的生活，怎么看待此刻的自己。在他的作品里，"我"始终感到一切很蠢很荒诞，高度发达资本主义里一切可明码标价的冷漠、人如蝼蚁般干毫无意义的工作只求生存、以及精神生活的高度虚无。他始终在寻找"联结"，是一种实实在在的连接，在《挪威的森林》里，活泼而从不思考本质的绿子也让他觉得"双脚可以站在地上"。他强调的联结，似乎都落到一个不明真相的女孩身上，由她的热乎劲把他始终温吞水一样的人生态度点燃，由她的身体来感到某种触感的具体。而最后，他自己也知道，这个女孩也会离他而去，就跟上一个一样，也跟下一个一样。身体离开了，或者精神离开了，一切总在变化中，没有例外。在《舞舞舞》中，所有人都想捉住一些意义，捉住一些永恒的东西，所以他们承诺，他们寻找信念，他们也自欺欺人，必要时痛哭哀求，但没有用。因为生而为人，我们本身就是不永恒的，我们是上帝制作出来程序有重大缺陷的音乐，只能凑合着磕磕碰碰地听，高潮时戛然而止；断断续续一直折磨人心；或悲伤和快乐，切换没有过渡，都没有办法。除了最后会停下来，曲终人散，其他都是不确定的。在此过程中，我们都不能停下来，要放声歌唱，伴随舞步，即使泪流满面。

廖一梅说：其实我们能向生命祈求的只有好运，没有公平，没有意义，没有解释，没有响应。《舞舞舞》试图让人明白，明天不会比今天更好，因为你将失去更多，而得到的却那么微不足道。你将失去青春、爱人、振奋人心的老乐队、激情、欲望、善良；得到的是更大的房子——如没有爱情或亲人可能更孤独；开更好的车——那种舒适感不及你年少时奔向大海快感的百分之一。但从一面看，至少你得到了一定的自由、尊严、保护，其实活到后面，我们也只能追求这些东西了。这不仅仅事关爱情，就像"痣的意味"于"时辰面相称骨"这个体系一般，爱情只是一部分，不算大也不算小的一部分。

所以，珍惜今天。

如果你真的会意识到这点，你就会明白，从某个意义来说，300块钱的表和300万块钱的表，时间是一样的。喝30块的酒和3000块的酒，呕吐是一样的。住30平方米的房子和300平方米的房子，孤独是一样的。你内心真正的快乐，完全向物质世界要，是远远不够的。

杨绛在百岁那天写下一段话："保持知足常乐的心态才是淬炼心智、净化心灵的最佳途径。一切快乐的享受都属于精神，这种快乐把忍受变成享受，是精神对于物质的胜利，是人生哲学。"

我有一个时尚圈的朋友，40岁了。按道理说早该在这个势利圈子感到无情的压力，但她云淡风轻，笑看得失。她说，所谓不惑，并不是执着地寻找生命里碰到的所有问题的答案，而是明白，生命本来就是一场没有输赢的局。

我年轻的时候从没想过有宝宝，有了孩子以后，每天都在感恩。每当他全神贯注盯着沾满米粒的勺子，因为一点儿小不满足歇斯底里大哭却又很快笑了，我就很确定一点，为什么大家都喜欢小孩子，因为小孩子活自己、活当下，所以没有恐惧和忧虑。长大了，我们活环境、活未知，所以才有害怕、茫然。人生充满了荒诞，荒诞的美，荒诞的艰难。而人们在荒诞的梦里，都活得太过用力。

王菲说，油盐酱醋的生活里不可能有爱情，但我们有爱。这是对婚姻生活老老实实的描述。类似的句子应该继续：短暂的生命里不可能有永恒，但我们有独一无二的记忆；身体不可能永远工作，但我实实在在正用它欢笑、注视、旅行；今天不可能事事顺心，但我做了一顿非常棒、自己都叫好的晚餐。舞舞舞，只要音乐还响着，就要继续跳舞啊。既然如此，一边跳，一边把舞步编得更美一些、稍有变化、略微顽皮，毕竟我们曾来过，在这个舞会，我们心怀感恩。

人生只有三件事

人生只有三件事：面对、承认、放下。

单位有个女领导，年过 50 岁却保养得当，老公对她非常宠爱，事业上也顺风顺水。但她有自己的软肋，单位人背地里议论，不要当着她面说孩子的事儿，她无法生育，容易被触动。但单位也有同事，亲口听她提到跟儿子去逛商场、帮她搬运东西什么的，众说纷纭。

有一天，我休完产假去办公室找女领导报到，自己都很紧张，不知道如何拿捏。但新妈妈一说到孩子，本能就越发兴奋，女领导居然被感染，主动拉开了话匣。"孩子真的是可爱，我年轻的时候也生过一个，可惜他患上了先天性心脏病，我们尽了一切努力，但他还是不到百天就走了……那之后，我决定不再生孩子。"我鼓起勇气问，那有时候还听您说，您儿子……领导微笑一下："那是我的养子，快上大学了，我最近还在为他念大学的事儿操心呢。"退出领导办公室的时候，我鼻子一酸，那一天开始，我不再觉得这位女领导遥远、冷冰。

朋友说起过她的母亲，三次婚姻都被抛弃，留下了她和同母异父的妹妹。朋友的妈妈曾经是镇上陶瓷工厂的女工，下岗之后，为了抚养她们，干过服务员、清洁工、育儿嫂。她印象中，她的童年一直在妈妈夜以继日的辛勤晚归、暴躁、痛哭中度过，离家的冲动激励她一直念书，念到了美国。她的妹妹跟她相差 12 岁，她尚未独立的时候，妈妈为了让全家生存，不得已把妹妹寄存在老师家，成了留守儿童——"那时候我和妈妈都不敢打电话回家，因为妹妹充满恐惧的大哭或者低声下气的哀求让我们心碎。"终于妹妹也长大了，她在美国也站住了脚跟，妈妈终于可以不用工作，一家越来越好。她 40 岁才结婚，出嫁那天，在夏威夷一家酒店的后台，穿着婚纱要出去宣誓那一刻，她突然紧张到窒息，怎么都不愿意出门。妈妈闻讯赶到了后台，她突然含着泪抓住妈妈手问："妈妈，这辈子你有没有后悔过？结婚，还有生我和妹妹？"妈妈先是错愕地看着她，渐渐明白什么意思，回答她："傻瓜，你看这里多美？我得到你和你妹，这是恩赐和财富。我终于走到了今天，怎么会对昨天说后悔？"

　　我采访过一个女制片人，她做一档环球电影节目。一次，为了《我的盛大婚礼》和《上尉的曼陀铃》，她去希腊克里特岛搜集资料，却意外地发现获得 1964 年三项奥斯卡奖的影片《希腊左巴》的导演迈克尔·柯杨尼斯定居于此。这个英国老头，退休后没人找他拍片子，只能靠微薄的退休金度日。为了维持生存，他甚至把自己奥斯卡金像奖的奖杯典当在了一个地中海海边的餐馆里，交换条件是在每天固定的时间，他可以去免费享用午餐和晚餐，而游客则可以跟他的奥斯卡奖杯合影。

　　女制片人几经周折，采访到了他。本以为他落魄而防御、抵触、回避，出乎意料的是他侃侃而谈，讲起了《易经》、毛泽东、他在武汉长江大桥拍摄纪录片的事情……原来他是个中国迷。在采访结束的时候，他主动提出邀请，希望女制片人为她留意能去中国拍片的机会，然后绅士地离开了。

女制片人很感慨："我们聊天的地方，就是《希腊左巴》的实景拍摄地，这么多年过去了，那个海湾一点没变，世界上很多东西都变了，不过这个老头，身上依然有让人尊重的东西。"

我想，真的让人尊重的那个东西叫作尊严、理想、风度，更叫作面对、放下、走过。

我第一次听说这句话，是在一个香港的娱乐小报里，当时一个风头一时无二的女演员说到自己难堪重压，找到林青霞诉苦，林青霞告诉她："人生只有三件事：面对、承认、放下。"

这个世界上，大抵没有完美的人生。我们带着与生俱来的巨大缺憾在人间行走，没有人不经历苦痛、磨难、绝望，每个人都有其无法摆脱的人生困境、不能解决的问题。我们学习、修正、祷告，并不是受贿神灵；我们在人生中前行修行，不是修一个万寿无疆、万事如意的美梦，而是修一种不管在任何困境里，都能再度站起，面对人生并从中汲取养分，百折不挠走下去的乐观和勇气。

所谓幸福，并不是你人生所有故事都有完美结局，而是在每个故事、每种境遇中，你都有面对和调整，从中感知积极的能力。我们一路走，一路做着减法，放下对他人的怨念、放下曾经的辉煌，放下已经不再合适的理想……那些自己坚定认为"应该的"逻辑和执着"必得的"信念，统统都不存在。若你真的可以看破这一点，你就逆转乾坤，找到事件最好的角度去解读；你将自己完全信任地交给时间，你知道这会解决一切。

"今天我去给他扫墓。他的生命就像刻着他名字的那块巍峨的巨石，默默无语。

"小波离去已经七年了。七年间，树叶绿了七次，又黄了七次。花儿开了七次，又落了七次。我的生命就在这花开花落之间匆匆过去。而他的花已永不再开，永远地枯萎了。"

《爱你就像爱生命》里，这是李银河写给王小波的话，而今天，李银河依然气度非凡地出现在所有场合，研究著作，呐喊战斗。她有新的伴侣，但不妨碍她缅怀小波，接受此刻，不代表要否定过去。

马尔克斯在《百年孤独》里说，一个幸福晚年的秘诀不是别的，而是与孤寂签订一个体面的协议。

一切转瞬即逝，当我们慢慢认清和接纳自己的不足，承认那些不能解决的人生永恒困惑，不强求万物都按照自己的方式去运行，我们不等白头，吐出一句：珍惜此刻，知足常乐。因为，每一次面对、承认和放下之后的时刻，你才找到，自己在宇宙中最合适的位置。

当 ———— 时，我就会幸福

心若宁静，便是幸福